名前のない喫茶店

園田樹乃

一二三
文庫

目次

1．喫茶店での約束

その店は突然、私の前に現れた。


秋から冬になりかけた、日曜日の昼下がり。

駅向こうの美容院を出た私は、人気のない裏通りを歩いていた。

最終目的地は、北通りの角にあるパン屋さんだけど、かろうじて車がすれ違える程度のこの通りは、歩いているだけでも楽しい。

低層のビルや普通の家々の合間に、ひょこりと小さなお店がまざっている。

荒物屋さんに、花屋さん。仏具屋さんもあれば、『一見さんお断り』の雰囲気を漂わせる暖簾も。

そして最近では珍しくなった、木枠のガラス引き戸を半開きにした古い薬屋さん。

その横手の短い袋小路への入口は、いつ見てもネコの溜まり場になっている。

小春日和の今日も、日なたぼっこをしているキジトラの前でしゃがみ込むと、『日陰になる。退け』と言わんばかりの目でにらまれて。アヒル歩きで移動しながら謝る私の足元に、前脚だけにタビを履いたクロネコが体をすり寄せてきた。

「こんにちは。元気？」

挨拶がてら艶やかな毛を撫でると、喉を鳴らす。

「そうか、そうか。ご機嫌さんなんだね」

返事をするような鳴き声をあげて、クロネコは、スルリと歩きだした。

『行っちゃうのか』と、一つ息を吐いて立ち上がる。元の通りへと戻ろうと、軽く手をはたいて振り返ると、立ち去ったはずのクロネコが、少し先でこちらを見ていた。

甘えた声が、私を呼ぶ。

呼ばれるままに歩み寄った、路地の角。

『チーズスフレ　ドリンクセット』

上手いのか下手なのか。判別の難しい文字が目に飛び込んできた。

カンノンチクとカネノナルキ。二つの植木鉢に挟まれたイーゼルの、本来キャンバスが置かれる所にクリアブックが開かれていた。

その左ページをいっぱいに使って書かれた〝チーズスフレ〟が、『そろそろ、おやつにしない？』と誘っている気がして、腕時計を見てみる。

確かに。時刻は、おやつ時の少し前。今日は、お昼が早かったし。

よし、決めた。と、立ち上がって、何度か瞬きをする。

ここは……何のお店だ？

薬屋さんから見て左隣。路地を挟んで建つ、古びた二階建て。

喫茶店があるつもりの場所には、小料理屋とか居酒屋といった趣きの玄関があった。

暖簾は掛かっておらず、片引き戸もピタリと閉められている。

どう贔屓目に見ても客を待つ態勢ではないそのお店の、本来、暖簾が掛けられるべき腕木には、藍地に白い文字で『商』と書かれた折り紙サイズの吊り下げ旗が、風に翻っていた。

これは……営業中、の意思表示だろうか？

どうしようか。と、格子戸と吊り下げ旗の間で、視線が彷徨う。

何度目かの往復がオーバーランして。さっきのイーゼルまで流れる。安価なクリアブックに見えたけど、表紙が意外としっかりとした厚みを持つことに気付く。例えていうなら。そう。お蕎麦屋さんのお品書きのような……。

これはこれで、お店の雰囲気と合っているのかもしれないけど。やっぱり、喫茶店の雰囲気ではないよね。

うーん、と唸りながら『チーズスフレ』の文字を睨む。睨めっこをしているうちに、口の中が完全にチーズを待つ態勢を整えたような……錯覚を覚える。

負けた。

おやつの誘惑に。

ソロリと、引き戸を開ける。

「つらっしゃい」

低くて威勢の良い声が、開いた戸の間から飛び出した。

うわっ。びっくりした。

びっくりはしたものの。

見た目よりも軽く滑った戸は、私の姿を隠す役には立たないほどに開いてしまっていて。カウンターの内側で立ち上がる男性と目が合ってしまった。

こういう造りのお店には、やっぱり。暖簾って、必要よね。

そんなことを考えていたのは、ほんの一瞬。

「お一人で？」

歯切れのいい声につられて、

「はいっ」

学生のような返事を返す。

片頬で笑った彼はカウンター越しに手を伸べて、壁際に四つ並んだ四人掛けのテーブルをしめす。隣とは背中合わせになるように置かれたテーブルも、お蕎麦屋さんっぽい。

「お好きな席へどうぞ」

その言葉に、会釈で応えて選んだのは、奥から二つ目。路地に面した窓の横に据えられたテーブルに、入口に背を向けて座った。

壁に取り付けられた電灯は、竹を組んだようなシェードに覆われて、控えめに店内を照らす。

障子越しの柔らかい光が差し込む窓辺には、窓枠の延長のような十センチ幅ほどのスペースに、紺色の座布団を敷いて小さな招き猫が座っていた。

黒い招き猫の手の形をまねて、テーブルの下で左右の手を交互に握ってみる。

タビを履いた左手を挙げているこの子は、招客のニャンコ。

そんなことをしていると、

「初めて、のご来店ですよね？」

良く通りそうな渋い声に尋ねられて、一つ頷く。

おしぼりと一緒に、お冷やのグラスを運んで来た彼は、間近で見ると、かなり背が高いように見えた。

そして、メニューと重ねて、クリアケースに挟まれた紙が、差し出されて。

「当店の、〝お約束〟です」

約束、って。何事？

「お待ちの間にでも、目を通していただければ……」

「はぁ……」

なんか、面倒くさい店に入ってしまった。

「まず、お飲み物から、お聞きします」

「あ、じゃあ……コーヒーを」

「ホットで？」

「はい」

メニューを開く前なのに、勢いで頼んでしまった。

まあ、いいや。

時価とか言っても、コーヒー一杯の値段なんて、たかが知れているだろうし。

「お砂糖、ミルクは使われますか？」

「あー、いいです。ブラックで」

ファストフードならともかく、喫茶店では経験したことのない問いかけに、流されるように答えてから、少しだけ焦る。

ブラックで飲むことなんて、滅多にないのに。

大丈夫か？　私？

「かしこまりました」

暫しお待ちを、の言葉を残して店員さんが立ち去る。

本当に、『まずは、飲み物』だ。チーズスフレを頼み損ねた。

テンポの摑めなさに、小さく肩をすくめて。テーブルの上に、メニューを開く。

チーズスフレと、プリンと、クレープ。それにワッフル。

わ、スコーンを足して五種盛り、なんてのも。

あ。でもパフェとか、軽食メニューは無いんだ。

おしぼりで手を拭きながらそんなことを考えていると、隣に人の気配が立つ。

「他にご注文は？」

「あ、チーズスフレを」

「少々、お時間をいただきますが？」

「ゆっくりでも、大丈夫ですよ」

見上げるように答えると、微笑が返ってきた。

なんてことのない、愛想笑いなのに、つい。

こちらの口角も、笑みを形づくる。

店員さんの微かな足音を背中に聞きながら、お冷やのグラスを手に取る。現れた藍色のコースターには、白糸で施された幾何学模様のような刺繡。

民芸博物館とかに置いてありそうな模様が、お店の雰囲気と呼応しているように感じる。

変わった喫茶店だ。

そして。

一番変わっているポイントだろう『約束事』を手に取る。

色画用紙にカラーペンで書かれているのは、店の入口で私を招いた〝チーズスフレ〟の文字と同じく、下手なのか上手なのかわからない文字だった。

メニューも手書きだったなぁ。そういえば。

【約束　その一。当店は、禁煙です】

最近、増えてきたよね。タバコの臭いは好きじゃないから、これは嬉しい。

【約束　その二。コーヒー、紅茶の銘柄指定には、お応えできません】

ああ、いるねぇ、確かに。勉強熱心で、銘柄にこだわる子。キリマンジャロがどう、とか。

学生時代の友人の姿をちらりと思い浮かべつつ、私には興味のない世界だと、スルーする。

【約束　その三。写真撮影は、ご遠慮下さい】

は？　写真？　なんじゃそりゃ？　ああなるほど。ネット、か。

ネットにあげられた写真が元になって、あちらこちらでトラブルが起きているって、聞くよなぁ。ネットならではの宣伝効果もあるだろうに……と思っている視界の隅に、手が見えた。

さっきグラスの下に敷かれていたような紺色のコースターが、置かれて。その上に、大ぶりのお湯呑みが静かに〝座った〟。

コーヒーの香りが、流れてくる。

「お菓子の方は、もうしばらく……」

かけられた声に、頷きで応えて。

ひとまず、『約束事』をテーブルに置いた。

両手で包み込むようにして、お湯呑みを持ち上げる。茶色の濃淡で彩られた厚手の器を通して、じんわりとした温もりが掌に伝わる。

そっと、唇に寄せて。湯気を先導に、一口。

舌に触れる熱さと、コーヒーの苦味が交わる。

あぁ。おいしい。

これは、ブラックで飲みたいコーヒーだ。

『お砂糖とミルクは？』

そんなことを、あえて尋ねるこのお店は、きっと。

この〝味〟に誇りを持っている。

おいしいコーヒーを傍らに、再びクリアケースへと目を戻す。

【約束　その四。おしゃべりの声は、控えめで】

〝お互い、心地良く過ごせますように〟って、付け加えられた一言が、クッションにはなっているものの。

細かいことを言うなぁ、と思ってしまって。

軽く振り返るようにして、店員さんの居るだろうカウンターを見やる。

大きな体を屈めて、真剣な表情で作業をしているその姿は、作務衣を着ているせいか、職人のように見えた。食べ物を扱う人らしく、髪も短めに整えられているし。

職人なら……当たり前、かも。細かいことを言うのは。

一人で納得しつつ、コーヒーを飲む。

うん。職人さん、職人さん。

さて、次の約束は……。

【約束　その五。会計や注文に、すぐには応じられないことがあります】

厨房からキャッシャーまで一人で担っている都合上、すこし待ってほしい、とか。

私と同年代。三十代に見える彼は、店員さんじゃなくって、マスターらしい。

なるほど。だったらさっきの写真禁止も分かるような気がする。ネットにあげられたりすると、手が回らないのかもしれない。

それはともかく。

これも一つ、職人のこだわりだねぇ、と、声を立てずに笑っていると、小ぶりの籠に入ったカトラリーが、そっと置かれた。

お、ついに。主役の登場、だ。

期待に胸を弾ませている私の前に差し出されたのは、焼き魚が似合いそうな、灰褐色の細長いお皿。角切りのキウイやオレンジが散らされた真ん中に、両手で包めるほどの大きさのスフレが鎮座していた。

フルーツの間には、ベリーらしきソースが水玉のように散らされていて。

食べるのが惜しいほどの、彩りだった。

「お待たせいたしました」

「いえいえ」

『約束事』のおかげで、そんなに待った気がしない。

「コーヒーのお代わりも、してますので」

ごゆっくりどうぞ、の声に軽く頷いて。フォークを取ろうと覗き込んだ籠には、刺し子の布巾が敷かれていた。

店構えから始まって。あっちもこっちも、喫茶店らしくない雰囲気だなぁ。でもそれが、このお店の個性、なのだろう。手書きのメニューや、『約束事』と同じで。

そんなことを考えつつ、キウイを口に運ぶ。

わ。甘い。果物がおいしいって、幸せだなぁ。一人暮らしではわざわざ買ってまで食べないから、余計にうれしい。

う・ふ・ふ、と鼻唄まじりでスフレに入れたフォークに伝わる、シュワっとした手応え。そして。

ひんやりとした食感と、しっかりしたチーズの香りに、口の中が『チーズ！　チーズ！』とはしゃぐ。

これ、好きだわ。私。

果物とスフレを交互に食べて、合間にコーヒーを楽しむ。

私の他に客のいない店内は、ひっそりとしていて。その静けさも、不思議な心地よさだった。

少し前まで洗い物らしき物音を立てていたマスターの存在が、なんとなく気になって。

カウンターを振り返ると、針仕事をしているらしき姿が見えた。

「何か?」

顔を上げたマスターの声に、我に返る。

「あー、と」

「はい?」

「コーヒーのお代わりって……」

「プラス、二〇〇円になりますが」

とっさに出た言葉だけど。口にした瞬間、本意になる。

注文を伝えて。

カウンターから、物音が生まれてくる。

ヤカンにあたる水音。

ガスコンロに着火する火花。

豆を挽くミルの、小気味よいリズム。
一人暮らしには懐かしい、実家の台所を彷彿とさせる音の数々を、湯呑みに残った
コーヒーとともに味わう。
ちょっと変わっているけど。
良いお店を見つけた。
駅のこっち側に来るときは、また、ここでおやつにしよう。

2. 店内は、禁煙です

会社を出る時、雨はまだ降ってなかった。『夜には本降り』と朝の予報で聞いていたから、折りたたみ傘は持っていた。

残業帰りの空腹と、冬の雨に濡れる冷たさとを秤に掛けて。

途中のコンビニで一口チョコでも買えば空腹はごまかせると、外食せずに帰ろうとしたのに……。

電車の窓ごし。雨に濡れる夜の街並みを、恨めしく眺める。

ため息をもらして、冷蔵庫の中身を思い浮かべる。

確か、タマネギの使い残しと、ピーマンが一個。それから、ニンジンが半分ほど居たような……気がする。あー、でも。冷凍のご飯は昨日、食べてしまったな。

淋しい冷蔵庫の中身を補う買い物は、一年ほど前から閉店時間が遅くなった駅前スーパーに行けば、まだ間に合う。

間に合う……のだけど。

スーパーで買い物をして、帰宅するのに三十分。それからご飯を炊いて……なんて、考えただけで気が遠くなる。

もういいや。お弁当でも買うことにしよう。

最寄り駅を出る頃には、さらに雨が激しくなっていた。地面を叩く雨音と、開いた折りたたみ傘特有の臭いに、一段と重くなった足を引きずるようにして、雨の中へと踏み出す。

あぁ。雨なんて、嫌いだ。

閉店間際の値引きセールで買った、オムライスとカップスープがこの日の夕飯だった。レンジで温めたオムライスに、ケチャップで大きく顔を描く。

さっき見た鏡に映っていた顔は、自分でも嫌になるほど疲れきっていたから。上書き修正するつもりで、ニコニコの笑い顔を描く。うん。成功、成功。変な液だれもなく、いい顔が描けた。

「いただきます」

まさに自画自賛しながら軽く手を合わせて。薄焼き卵の端にスプーンをいれる。帰宅からつけっぱなしのテレビをお供に、一口。また一口。ケチャップ絵の笑顔のパワーが、おなかに積もる。

合間に飲むポタージュスープの熱さは、雨に冷えた気持ちを温めて。

満ちたおなかに、人心地がついた。

最後の一口。しっかり噛んだ鶏肉を飲み込んで、ごちそうさまをする。

そして、ざっと後片付けをしたあとは、お米を研ぎながら朝食の算段。

お味噌汁には、タマネギと薄揚げ。それから、おにぎりを二個。具は塩昆布と梅干し……じゃなくて、カツオのふりかけをまぶす。

いや、待てよ。

さっき買い足した卵を、メインの目玉焼きにして、と。

ご飯が炊きたてだし。卵が新鮮なうちに、卵かけご飯ってのも、捨てがたいよねぇ。

うーん。悩むなぁ。

好きな物を、好きなように食べる。

実家の両親が見たら卒倒しそうな食生活は、私にとっては〝一人暮らしの醍醐味〟なんだけど。

学生時代からの友人たちには、『里香の食事。もうちょっと、なんとかならないの？』と呆れられる。

そのうちの一人、千賀子が『おいしい無国籍風居酒屋を見つけた』と連絡してきたのが先週のことで。

少し遅めの新年会を二人ですることになったのが……来週の金曜。

そんな約束を思い出しながら、だしジャコを鍋に入れて、水を張る。

よーし。これで、朝ご飯はオッケー。完璧。


「で？　相変わらず、雑な食事をしてるわけ？」

シーザーサラダを取り分けている私の向かいで、千賀子の声がする。

「雑な食事って……ひっどぉー」

膨れて見せて、取り箸をサラダボウルに戻す。

二人きりの新年会で頼むメニューが野菜から始まるあたりが、お肌の曲がり角を過ぎた三十代。

「朝ご飯が、乾燥シリアルとか」

「シリアルは、普通乾いてますー」

「牛乳もかけずに、バリバリ噛んでるんでしょ？　里香のことだから」

「……」

あれは、その。

牛乳がね。賞味期限がね。

学生時代。酔った千賀子を泊めた時の失敗を持ち出されて、黙り込む。黙ったついでに、レタスをかじる。

シンプルなサラダだけど、このお店。千賀子が褒めるだけあって。

「おいしい。レタス」

「レタスって、おい！」

「だって。コンビニのサラダとは、違うわよ。やっぱり」

大量生産で、作ってから時間もたって……と考えると、仕方のないことだとは分かっている。分かっているからこそ。

「出来たて、って、おいしいよね」

「作りなさいよ。サラダくらい」

あきれ顔で、千賀子がサラダのエビを口に放り込む。

「一人暮らしで一玉買ってしまうと、持て余すのよね。レタスって」

だからといって、半玉売りは切り口から傷む。

「サラダにするような生野菜って、冷凍できないし」

「トマトはできるじゃない」

湯むきしたみたいに皮も剥けるし、と言いながら千賀子は、取り皿に残ったレタスの最後の一枚を摘み上げる。

　その言葉に、湯むきトマトの食感を思い出して、眉間に皺がよる。

「野菜と果物は、鮮度が命！」

　冷蔵庫のＣＭのような主張をしながら、ビールグラスを手に取る。

「特にトマトは、もぎたてに塩をかけたのが、一番！」

「そんなのが？　おいしい？」

「あの香りだけで、トースト一枚いける」

「やっぱり変……」

「変なんかじゃ、ありませんー」

　別に、不味いものが好きなわけじゃない。

「おいしいと思うストライクゾーンが、広いだけですー」

「はいはい」

　おざなりな返事をした千賀子は、やって来た店員さんから、〝鶏皮のパリパリ焼き〟を受け取った。

　互いに仕事の愚痴を零しては、一緒に腹を立ててみたり、通勤電車内での出来事に、手を打って大笑いしたり。

　時の経つのも忘れて、おしゃべりと料理を楽しむ。

そろそろデザートを頼むか、河岸を変えてお茶でもするか。

そんな相談をしていると、隣のテーブルにサラリーマンらしき三人組が座った。

千賀子が、乾いた咳をする。隣から流れてきた煙草の煙から、顔を背ける。

「出ようか?」

ケホケホと咳込みながら頷く千賀子を先に行かせて、私も伝票を手に席を立つ。

「ゴメン。里香」

店を出て、路上で割り勘の清算をしながら、千賀子が謝る。

「いいって。私も煙草は嫌いだし」

「でも……」

季節の変わり目とか、疲れとか。千賀子はストレスが喉に来る体質、らしい。

時々、乾燥した空気やホコリに反応して咳き込む。

私の食生活と同様に、友人の間ではいつものことだった。

「あーあ。里香に、あそこのデザート、食べさせたかったのに……」

咳が治まった千賀子が、ぼやく。

「何? そんなにおいしかった?」

「うーん」

軽く尋ねた私に、千賀子はいたずらめいた笑みを浮かべて、言葉を濁す。

「ちょっと千賀子？　何よー」

「えー。言っちゃうと、つまらないし」

「はぁ？」

　どうやら、驚きのデザートメニュー、らしい。

『次こそはデザートまで食べよう』って約束して、駅で別れた。

　帰りの電車では、吊革に軽く掴まりながら、週末の予定に思いを巡らせる。

　明日は、朝一でターミナル駅まで出て、映画。ご飯は近くの豚カツ屋かな？　久しぶりに土曜日限定のレディースセットを食べよう。

　で、通勤カバンをそろそろ買い替えたいから、デパートに行って。

　帰り道には、駅向こう。『約束事』の喫茶店で、おやつ。

　冬の入口に偶然見つけた、チーズスフレがおいしくて少し個性的な喫茶店には、あれ以来、毎週のように通っている。

　三度目くらいで、顔を覚えられたらしく、『約束事』の紙が出てこなくなって。先週は、メニューを出されるのと同時にマスターから『コーヒーで？』なんて尋ねられた。

　これが、いわゆる……常連、てヤツかも。

翌日、一通りの用事を済ませて、薬屋横の路地で猫たちにも挨拶をして。

さて、本日の最終目的地。

軽く手をはたいて立ち上がると、いつもと違った喫茶店の姿が目に入った。

軽い引き戸を注意深く開ける。

「いらっしゃいっ」

いつも通りの渋い声に迎えられて、真新しい紺色の暖簾をくぐると、カウンター内の定位置から作務衣姿のマスターが、窓の方へと手を伸べる。

『いつもの席へ、どうぞ』

そう言っているような彼の仕草に軽く会釈を返して。

奥から二番目のテーブル。手前の椅子に、脱いだコートと手荷物を置いた私は、奥側の椅子を引いた。

最初のうちは、入口に背を向けて座っていたけど、こうして通ううちに、店内を眺められる奥側が、〝いつもの席〟になった。

今日も定位置に腰を落ち着けたところで、カウンターを抜けたマスターが、塗りのお盆を手に歩いてくるのが見えた。

「暖簾、かけたんですね」

お冷やとおしぼりを運んできたマスターに話しかけると、

「ええ。やっと完成しました」

うれしそうな声が返ってきた。

「どうしても自分で作りたくって」

開店には間に合わなかったけど……と、言われて思わず戸口と彼の顔を見比べる。

自分で、って……あの暖簾の文字、刺繍だったよね？

〝きっさ〟って、書いてある文字は、ひらがなだったけど。

唖然としてしまった私に構わずマスターは、コースターとお冷やのグラスをテーブルにセットする。

「あ……」

もしかして。

「コースターの刺繍も、マスターが？」

「はい」

東北の方に伝わる、刺し子の一種、らしい。

「コースターは、伝統柄なんですけどね。暖簾は、アレンジをしてて」

アーモンド型の目を僅かに細めたマスターは、空になったお盆を一度カウンターに置くと、代わりに数枚のコースターを手に戻ってきた。

テーブルに並んだ紺色のコースターは、どれも白い糸で模様が描かれていた。

「クロスステッチ、とは違うんですね」

「布地は、近いかもしれませんけどね。糸が、絶対に交わらないんです」

「はぁ」

長い目、短い目を織り交ぜて。幾何学模様が、浮かび上がる。

マスターに断ってから一枚を手に取る。

古くから伝わる土のパワーが形になったような、不思議な感慨に浸る。

「コーヒーで？」

確認された声に、我に返る。

「あ、チーズスフレも、お願いします」

「承知しました」

暇つぶしに、ゆっくり見て下さい。

そう言ってマスターは、カウンター内へと戻って行った。

店内にコーヒーの香りが漂い始めた頃。引き戸の開く音がした。

私以外の客がいる日、なんて。珍しい。

そう思いながら、コースターを手に顔を上げると、寒そうな顔で一人の男性が入って来るところだった。

確かに今日は、日なたぼっこをしている猫たちの数も少ない、底冷えのする日だった。

「ホット、一つ」

父くらいの年頃で小太りの男性は、注文と同時にどさりと音を立てて入口近くのテーブルに腰を下ろすと、ジャケットの胸ポケットから取り出した煙草を一本、咥えた。

「あと、灰皿もな」

『約束事』を知らないらしい、この人はきっと初めての客なんだろう。

マスターどうする気かな？

する必要のない心配だけど、そっと、カウンターを窺う。

ヤカンを下ろしたマスターは、注文の復唱とともに砂糖やミルクなどの好みを確認したあと。まじめくさった声で。

「申し訳ありませんが、禁煙にさせていただいてます」

とだけ言って、ドリップを外した。

ライターを手にしたままの男性の脇を通り抜けて、コーヒーが運ばれてくる。

「お待ちどうさまです」

「あ、いえ」

テーブル上に広げてあったコースターのうち、最初に私が手にした一枚が、湯呑みの下に敷かれる。

「スフレの方は、後でお持ちしますので」

「あ、あちらの注文の後でも……」

ライターを弄ぶ男性に、三年前に別れた恋人の姿がだぶる。

私の転勤をきっかけに別れた彼は、ヘビーを通り過ぎたチェーンスモーカーで。

『タバコを吸うな』なんて言われたら、手の付けられないほど虫の居所が悪くなっていた。

この男性も、ほんの些細なことで機嫌を損ねるかもしれない。

どうせ私の方は、何の予定もないし。

『すみません』と、小さく口が動いて。マスターがテーブルを離れる。

「なあ、灰皿。一個も置いてない、なんてことないだろ?」

カウンターに入った彼に、男性が未練がましく灰皿を所望する。

マスターは、軽く首を振って。

「申し訳ないですが……」

「『コーヒーの味が分からなくなる』とか、分かった風なこと、言う気か」

両手で包んだ湯呑みごしに、二人のやり取りをながめる。

しつこいというか……必死だなぁ。

「女の客が居るからって、カッコつけやがって」

「自分も、やっとの思いで禁煙したんで。誘惑しないで下さいね」

苦笑が混じった声のマスターは、そう言いながらミルで豆を挽き始めた。

「禁煙、なぁ。分かっちゃいるけど、なかなか、これが……」

火を付けないままの煙草をパッケージに戻しながら、男性がぼやく。

「世の流れ、でも、あるんだろうけどさ」

「人生トータルで吸った本数が多い程、大変だと言いますね」

「そう。そうなんだよ。まして、周りのヤツが吸ってると、な」

「煙草もライターも捨てたのに、貰い煙草してしまったりね」

いつしか二人は、禁煙の大変さで盛り上がっていた。

マスターと煙草、か。

咥え煙草で、軽く顔を顰めて刺繍をしている姿は……想像できなくもない。

あー、でも。コーヒーを入れている時の煙草は、アウトだな。

作務衣姿の彼と煙草のシチュエーションを色々思い浮かべながら、コーヒーを飲む。

スフレが運ばれてきたころには、すっかりコーヒーを飲みきってしまっていた。

空の湯呑みを覗いたマスターに、

「おかわりをいれましょうか？」

と、聞かれて頷くより先に、さっきの男性が会計を頼む声がした。

『おかわり、頂きます』と答えた私に会釈を残して、マスターがカウンター内へと戻る。

会計を済ませた男性が『禁煙、頑張って続けろよ』とか言いながら、店を出て行く。

おかわりを入れてもらう間、チーズスフレをお預けにしようか、とも思ったけど。

やっぱり、チーズの誘惑は強すぎて、端っこを小さく崩しては、口に運ぶ。

ストライクゾーンの広すぎる私だけど。これは、直球ど真ん中。

絶対に千賀子や友人たちもおいしいと言うに違いない。

それに、このお店だったら。千賀子の喉にも優しいだろう。

「今日は、手際が悪くて、申し訳ありません」

そんな言葉と一緒に、新しい湯呑みがテーブルに置かれた。

「いえいえ。マスターも大変ですね」

「好きで始めた店なので……」

大したことではないと微笑む顔が、職人の誇りのようなものを、感じさせる。

「マスターは、お店のために、禁煙を?」

「いえ……」

「すみません。立ち入ったことを」

言い淀むような返事に、『これは、拙い』と、会話の軌道修正をはかる。

この辺りの匙加減は、仕事でも神経を使う。入社二年目に配属されて以来の営業部で、叩き込まれたけど、まだまだ修行の最中だ。

そんな私の、ヒヤリとした気持ちをよそに。

「会社勤めをしていた頃、『お金燃やして、不健康になるなんて、ばかばかしい』みたいなことを、彼女に言われたと後輩が言っていましてね」

のんびりとした口調でマスターが語る。

「身内に、煙草を嫌う者もいましたし。いい機会だと」

そう、話を締めくくった彼は、いつものように『ごゆっくり』の言葉を残して、テーブルを離れた。

カウンターから聞こえる洗い物の音をBGMに、チーズスフレを口に運ぶ。

『知り合いの話だけど……』というのは、得てして自分自身の話であることが多いらしい。マスターの語った『後輩』も、実は彼自身だったりするのかもしれない。

煙草を嫌う『身内』が恋人と考えると、辻褄もあう。大事な物を見るような目で、窓の方を眺めながら話していたし。

マスターの彼女を、想像してみたけれど。

どんな相手も、何かが違うように思えた。

3. 銘柄の指定は、お受けできません

年度の替わり目は、イレギュラーな割り込み業務のあおりを受けて、通常業務にしわ寄せがくる。

削っているのは、仕事の山か、精神力か。

分からなくなるような毎日が続く。

忙しいのは営業部だけの話ではないだろうに、ハンコを貰いに来た一歳年下の経理の子は、課長とセクハラ紛いの下ネタ会話を交わしているし。

隣の席で仕事をしている後輩がそれを見て、『場末のホステスかよ』と小声で毒づくし。

どうでもいいような出来事も重なると、頭痛がしてくる。

それでも、積み上がっていた書類の山が低くなって、先が見えるようになる頃。ご褒美のようにゴールデンウィークが来るのが、毎年のパターンで。

あと一息で、今年も無事に連休が迎えられると、息をつく。

このぶんだと……明日の千賀子との約束も、予定通りに行くことができるだろう。

「ちょっと。これ、あり？」

出てきたお皿を前に、笑いが止まらない。

「里香でも、やっぱり？」

「いや……」

インパクトの強さに、笑いしか出ないじゃない。

年明けに千賀子と来た、無国籍風居酒屋。

今日は、何がなんでもデザートを食べるんだ！　と、意気込んで、やってきて。

確かにメニューには、〝カボチャとココナツミルクのデザート〟と書いてあった。

書いてあったけど。

「もっとこう……カボチャプリンにココナツミルクが掛かっているようなものかと……」

想像したのよ、私は。

『煮物かい』と突っ込みたくなるような、大ぶりに切られたカボチャが、ココナツミルクで煮られている。

好奇心半分で口に運んで。

「うーん。ココナッツだ」

「でしょう？」

にんまりと笑った千賀子が言うには、タイだかベトナムだか。あのあたりのメニューらしい。

「ま、これはこれで……おいしいじゃない」

「職場の歓迎会とかで、ネタになりそうなメニューよね。接待には使えなさそうだけど」

次の一口を掬いながら言った千賀子に、私も頷く。

「あー、それは相手を選ぶだろうね」

面白がってくれるような取引相手じゃないと、あまりに冒険しすぎだ。

「そういえばさ。去年、里香に教えてもらった市役所裏のお店」

「ああ、炭火焼きの……」

「あれ、アタリだったわ」

「でしょ？」

あれは、自分でもいい店を見つけたと思うのよね。

「里香の見つけてくるお店って、意外と外れが少ないのよね」

一人で頷きながら、千賀子が最後の一口を口に入れる。

「そりゃあ、これでも営業職ですしー。接待もやってるもん」

「あんたが接待できていること自体が謎よ」

「いや、だから。他人が食べて美味しいものは、私だって美味しいって」

「他人が不味いものも、美味しいから問題なんだってば」

　ごちそうさま、と手を合わす千賀子に合わせて、私も一口分ほど残っていたココナツミルクを掬い取った。

　不味い料理、というのは、確かに存在する。実際『これは、ダメだ』と、私でも涙目になってしまうような、不味いモノができてしまった経験は……両手の指の数を超える。

　でも。一生に食べる食事の回数は限られているのだから。未知の味と出会った時に『おいしくない、ハズレ』と思うよりは、『食べたことのない、変わった味』と思った方が、お得なんじゃないかな？　外食だったら尚更、お金を払うわけだし。

　さすがに、誰かと食べに行ったり接待で使ったりする店に、そんなストライクゾーンぎりぎりは選ばないけど。

　そんな私がこの夜の帰り道、千賀子に勧めたのが、うちの近所にある喫茶店だった。暖簾にひらがなで〝きっさ〟と刺繍のしてある、あの。

「この時間からじゃ……遅いよね？」

　乗り気になった千賀子が腕時計を眺めて、眉をひそめる。

「うーん。そうね。営業時間が、あまり遅くないお店だし」

「じゃあ、連休中にでも行っちゃう？」

今年と来年は、カレンダーの並びがベストパターンで。私も千賀子も九連休だった。


そうして決めた約束の日は、カレンダー的には平日という、連休の谷間の火曜日だった。

ターミナル駅の近くで軽くランチをして、デパートで口紅の夏の新色をチェックして。そろそろ……と、私の住む町への電車に揺られる。

「いい？」

引き戸に手をかけて、後ろの千賀子に尋ねる。

「何？　そんな覚悟のいる店なわけ？」

ちょっと驚いた顔をしたあと、クスクスと笑われた。

覚悟、は……いらないいな。

手が覚えた力加減で戸を開くと、暖簾の向こうからマスターの声が迎えてくれる。

その声に、

「こんにちは」

挨拶で応えるのが、いつの間にかここに来た時の約束事になっていた。

そして、無言で奥から二番目のテーブルの方へと、手を伸べるマスター……。

「今日はカウンターでも、よろしいでしょうか？」

お？　いつもと違う？

タイミングをずらされた感のある私に、マスターが店内を目で示す。

店内は、静かな喧騒に満ちていた。

珍しくテーブル席が全て埋まっている。三十代から五十代と見える女性たちのおしゃべりは、笑い声を挟みながらの手話で行われていた。

振り返って、背中あわせに座っている人をつついて、新たな会話を始める人。隣の人と、会話の合間に相手の肩をバンバン叩いて笑っている人。

会話の内容が私には分からないだけで、私たちが今までに何度も味わってきた、気の置けない仲間との楽しい時間が、そこにはあった。

「里香？」

「あ、じゃあ……」

五つ並んだスツールの、奥まった二つに座らせてもらうことにして。

カウンター越しに約束事とメニューを渡された。

「里、香……」

お冷やのグラスが用意される間に、千賀子が声を殺して笑っている。

「この前のカボチャ並みの、インパクトでしょ?」

「約束って、約束って……」

その上、『メニューが手書き〝風〟じゃないあたりも、ポイントよね』とか言っている千賀子の前にコースターが置かれて。笑いを収めた千賀子は、真剣にメニューを見始めた。

見なくても注文の決まっている私は、カウンターの隅に座っている白い招き猫を眺める。顎の下で組んだ手を交互に、小さく握ってみる。

この子も左手を上げた、招客ニャンコだ。

窓際の黒ニャンコと二人、頑張ってお仕事してるねぇ。

カフェオレとブラックコーヒーをまず頼んで。マスターがヤカンに水を汲みはじめたところで、テーブル席の方からマスターを呼ぶ声がする。

あ、話せる人もいるんだ。

「コーヒーが……三つと」

いつもよりゆっくりとしたマスターの声が背後で注文を確認している。

違和感に振り向くと、

「紅茶が……」

と言いながら、胸の前あたりで握った右手が前後に揺らされているのが見えて。

「五つ、ですね？」

指が五を示す。手話？　なのかな？

喫茶店のマスターって仕事も、いろいろ大変だなぁ。

私たちの分と、テーブル席からのお代わり分と。

この店では見たことのない人数分の注文に、いつも通りの真剣な顔で、コーヒー用の首の長いヤカンからお湯を注いでいるマスター。

いつもよりも作業空間に近い席に座っている私は、そんな彼の邪魔をしないように、ヒソヒソ声で。

「で、どれを頼む？」

「お勧めが、スフレだった？」

「うん。あ、でも千賀子の好きなワッフルもあるけど？」

千賀子と注文の相談をしながら、お冷やのグラスに口をつける。

今日のコースターは、雪の結晶のようなモチーフ。

運ばれてきたコーヒーと引き換えるように、ワッフルを注文した私たちに、マスターは『少々、お時間を』と言い残して、カウンター内へと戻って行く。

「あれ?」

抹茶碗のようなカフェオレボールを両手で包んだ千賀子が、怪訝な顔で、私の湯呑みを覗き込む。

「何?」

「里香って、コーヒーをブラックで飲んだっけ?」

「えーっと……」

『ここのコーヒーは、特別』とかいうのは、なんとなく恥ずかしくて。

返事に困りながら目をそらすと、ワッフルの支度をしているマスターと目が合ってしまった。

「お砂糖とミルク、お出ししましょうか?」

手を止めたマスターに尋ねられて、慌てて首を振る。

「いえ、このままで」

辞退の言葉に一つ頷いて、作業に戻ったマスターの姿に、ほっと息をつく。

あー、なんか。変な汗をかいたじゃない。千賀子ったら、もう。

横目で軽く睨んだ友人は、眉を上げて、戯(おど)けた顔をして見せた。

「ワッフルも美味しいけど。アイスが最高！」

スプーンを握って、千賀子が悶える。

「ありがとうございます」

集団客の会計を終えたマスターが、うれしそうな顔で頭を下げる。

今日は私も千賀子に合わせて、ワッフルを頼んだ。千賀子が褒めるアイスは、小学生の頃に家族旅行で行った牧場で食べたものとよく似た、濃い味がした。

チーズといい、このお店は乳製品が美味しいのよね。果物は相変わらず、甘いし。

うん。今日もやっぱり、このお店は。

ストライクゾーンのど真ん中。

アイスとワッフルを楽しんでいる間に、マスターは洗い物を始めた。

カウンターに座る私たちに気を使っているような静かな水音。

距離も近いし、声は届くかな？

「マスター」

「はい」

手を動かしながら、彼の視線がこっちを向く。

「さっきのは、手話ですか？」

「さっき、ですか?」

「テーブル席で注文を受けていたときの……」

こんな風に、と見えていた部分を真似てみる。

「必要最小限しか、できませんけど」

そう言ってマスターは、軽く拭いた手で、『コーヒー』『紅茶』『ジュース』の手話をして見せてくれた。

洗い物を再開した彼の話によると、さっきの集団客はここから一駅南にある、コミュニティセンターで月に二回行われている手話サークルの人たちらしい。サークルの後で時間に余裕のある人たちが、お茶とおしゃべりを楽しみに来ている、とか。

「お菓子の名前までは、まだ無理ですね」

ひらがなのような五十音を使って表すのが、やっとのことで。

そう言ったマスターの言葉に、千賀子は、

「コーヒーや紅茶の銘柄も難しそうだよね?」

ワッフルを切り分けながら、私に同意をもとめる。

「あー、そうだね」

『コーヒー』ならスプーンで混ぜる仕草、『紅茶』はティーバッグを揺らす仕草、と手話は連想を土台にした言葉らしいと、マスターがさっき、話してくれた。

じゃあ例えば、アッサムは？　って考えると、連想の欠片も浮かばない。

手話で表せないから、銘柄指定を断っているのかな？

なんて、一瞬だけ失礼なことを考えて。あり得ない、と、内心で首を振る。

だって、マスターは。

職人さん、だし。

「うちで使っている銘柄を表すとしたら、ブレンドですね」

聞こえていたらしい。

『ブ・レ・ン・ド』と一音ずつ区切りながら、濡れた右手が動く。

ほほぅ。これが〝手話のひらがな〟か。


お代わりまで堪能して。

駅へと向かう千賀子を送っていく。

「やっぱり、良い店を見つけてくるわよねぇ」

『今日は、ちょっとカロリーオーバーだ』と、言いながら、千賀子がぐーっと伸びをする。

「家から歩いて行ける距離も、いいのよね」

「ふーん。で、通いつめるわけだ」

「いや、通いつめては……」

仕事帰りには来ないから、週に一回だけだし。

「そうかなぁ？」

「何よー」

意味ありげに笑う千賀子に、体当たりをする。

「『マスター』なんて、呼んじゃってさ」

「は？　マスターは、マスターじゃない」

名前なんて知らないのに、どう呼べと？

「千賀子ったら、訳の分からないことを……」

「じゃあさ、里香。今まで気に入ったお店で、店員と世間話なんて、してた？」

「世間話の一つや二つ、するわよ」

「ふーん」

当たり前じゃない。営業職をなめるんじゃない。

『マスターと仲良くねー』なんて言葉を残して、改札を抜ける千賀子と別れて、夕食の買い物にスーパーへと向かう。

なーにが、『仲良くね』よ。そんなんじゃないってば。

マスターと、私は……。

マスターと私、は？

千賀子の言葉に、妙な意識をしたわけじゃないけど。

その後、連休中は一度も駅の向こうへは行かずに過ごした。


連休前の忙しさが嘘のように、通常業務の日々に戻るのも、毎年のことで。

その日も、午前中の得意先回りを終えて、帰社したところだった。

エレベーターを待っていると、同じように、外出から戻ってきたらしき営業課長が横に並ぶ。

「お疲れ様です」

「あぁ、お疲れ」

後退しつつある額を、ハンカチで拭いている樋口（ひぐち）課長は、

「坂口さん、お見合いしない？」

前振りもなしに、唐突な話題を投げかけてきた。

「実は、ちょっとそんな話があるんだけど」

予想外の言葉に、返事の仕方に迷って。黙って彼の顔を見返すうちに、言葉を重ねられる。

「お見合い、ですか……」

「そう。大学時代の友人から頼まれててさ」

『メーカーの研究員で、歳は三十五』だとか。

「女の子は、やっぱり恋愛しないと。な？　そろそろ君も年女だろ？」

「あー、そうですかね」

行き遅れの年女。年女は、再来年ですけど。

「プライベートが充実してこそ、仕事も頑張れる、ってもんだよ」

「はぁ」

曖昧な返事をしながら、エレベーターで上へと運ばれる。

恋愛、なぁ。

そう考えて頭に浮かんだのは。

カウンターの内側で、白い糸を手に刺繍をしているマスターの姿、だった。

翌日の夕方。昼からの外回りを終えて、会社へと向かう道で私は、工事渋滞に巻き込まれていた。あとは会社に戻って、日報を書いて……と考えながら、営業車をノロノロと転がす。

音量を絞ったカーラジオからは、地元のロックバンドの曲が流れていた。

曲がおわると、私と同年代らしいパーソナリティーが、ついでのようにライブ情報を告知する。このバンドがパーソナリティーの彼にとって、学生時代の後輩にあたるというのは、リスナーには周知の事実で。

それはともかく。

来週の木曜日。西隣の市にあるライブハウス、か。

久しぶりに、行くのもいいな。

よし。じゃあ、今週は気合いを入れて。来週の分まで仕事を前倒しで片付けるように、頑張ろう。

現在住んでいる蔵塚（くらつか）市の西隣、楠姫城（くすきのじょう）市は、私が卒業した大学の所在地でもあって。ライブハウスのある、通称〝西のターミナル〟駅は当時のホームグラウンド的な場所だった。

今の勤務先の前は東隣の県に住んでいたので、しばらく訪ねることもなくなっていたけど、三年前の転勤でこっちに戻って来てからは、何かと出かける機会もある。

さっきのラジオで話題になっていたバンド、織音籠(オリオンケージ)のライブは、学生時代から何度も見に行っていた。

楽しみにしていたライブの当日。

終業間近に電話が掛かってきたせいで、五時ダッシュはできなかったけど、残業らしい残業もなく、会社を出る。

夕食は西のターミナル駅の辺りで軽く摂ることにして、快速電車に飛び乗る。

さっと食べるとしたら……やっぱりファストフードが無難かな？　あ、そう考えると、ポテトが無性に食べたくなってきた。

ただなぁ。あそこのお店。コーヒーが、ストライクゾーンからギリギリ……ハズレ。

家の近所のあの喫茶店は、コーヒーも紅茶もマスターがブレンドしている、っていうのは、千賀子を連れて行った時に聞いた話で。

マスターのストライクゾーンが、私にとってもストライクだったから、あのお店のコーヒーはブラックで飲めるのだろう。

ハズレなコーヒーは、無理をせず。今夜はジンジャーエールをお供に、照り焼きチキンのバーガーを食べる。

お腹の準備を整えた私は、暗くなりかけた道をライブハウスへと向かう。

今日は、どの曲を聴かせてくれるだろう？

この前のラジオで流れていた曲があると、いいなぁ。

それとも、少し前にコマーシャルで使われていた、あの曲とか。

彼らの曲は、どれも好きだから。

どの曲を演ってくれても、うれしいのだけど。

そんなことを考えながら、角を曲がる。彼らを観に来たらしき人たちが、同じ方向へと歩いている。

楽しみだよね？　あと、数十メートルで……。

「リ、カ、さん？」

呼ばれるはずのない声に、呼ばれるはずのない名前を呼ばれて。

反射的に立ち止まった私は、隣を歩いていたらしき人の方へと目をやる。

そこに居たのは、驚いたようにアーモンド型の目を見開いたマスターだった。

4. 定休日

初めてお店の外で見たマスターは、トレードマークのような作務衣ではなくって。年相応のジャケットを羽織った、ジーンズ姿だった。

「マスター」

「はい？」

「どうして……」

何から尋ねようとしたのか自分でも分からないほど混乱していた私は、なんとも中途半端な問いかけをしてしまった。

「この前、お友達に『リカ』と呼ばれてらしたので……」

『馴れ馴れしかったでしょうか？』と、不安げに答えたマスターの言葉に、さっき彼に名前を呼ばれた時に覚えた違和感。私の名前をマスターが知っていた謎がとける。

「あー。そうか。連呼してましたね。あの子」

「チカコさん、でしたか。お友達の方は」

「さすが客商売ですね」

些細な会話から相手の情報を抽出するのは、対人商売の基礎だとかって、新人研修の頃に習った気がする。一つ疑問が減ったことで、少しばかり心に余裕が生まれて、尋ねたいことの整理がついた。

「マスターは、こんなところで何を？　今日は、お店は？」

「木曜日は、定休日ですよ」

「あー。そうなんですね。平日には行かないから……」

あの通り沿いのお店のほとんどが、今日は定休日らしい。

「で、リカさん。織音籠って、ご存じですか？　そこの店でこれからライブを演るバンドなんですけど」

「え？　マスターもライブ？」

意外なことを聞いて、まじまじと彼の顔を眺めてしまう。

「いや、そんなに驚かれても……」

「すみません。お店の雰囲気と、織音籠が一致しなくって」

「ああ、まあ。確かに」

苦笑するマスターに、もう一度、謝っておく。

それはさておき。

「マスターも、織音籠を聞かれるんですね」

デビューから十年近くが経つ彼らはまだ、〝誰もが知っている〟とは言えない知名度で。身近な所で彼らのファンに出会ったのは、初めてのことだった。

「……リカさん〝も〟？」

「はいっ」

嬉しさで上擦った返事に、マスターと顔を見合わせて笑う。

『仲間がいた』

その発見は、きっと互いに引き合う力になる。


同じ目的地を目指して、並んで歩く。

「マスターは」

と、話しかけたところで、

「あの……」

彼に言葉を遮られた。

ライブハウスの入口近く、入場待ちの人たちの群れに私たちも紛れたところだった。

「俺の店じゃない場所で、『マスター』は、ちょっと……」

「ええっと……じゃあ？」

「今田孝（いまだたかし）、と申します」

名乗ったマスターの手が、ジャケットの内ポケットを探るような動きをして。ばつが悪そうな顔で、頭を掻く。

「会社勤めだと、ここで名刺、なんですけどね」

ああ、確かに。

「改めまして。坂口里香です。名刺は……どうしましょう？」

「大丈夫です。忘れませんよ」

茶化すような私の言葉をうけて、彼は掌にメモを取るふりをして見せた。見えない手帳を、慣れた仕草で胸ポケットにしまう仕草までオマケにつける。

「そういえば、会社勤めをされてたって言ってましたね」

「十年ちょっと勤めてお金を貯めてって、いわゆる脱サラ組ですよ。里香さんが来られるようになった……二カ月ほど前ですかね。開業が」

『今田さん』と呼ぶべきか、『孝さん』と呼ぶべきかを悩んで。結局ごまかした感のある私と違って、彼はさらりと私の名前を呼ぶ。

「あー、だから……」

「はい？」

「『こんな所に、喫茶店？　あったっけ？』って、思ったんですよね。初めての時に」

その前……は、いつだったっけ？　あの通りを抜けたのは。

「看板も暖簾もないのに、よく見つけてくれましたね」

「笑い事じゃないでしょう?」

「いや、本当に」

クスクスと笑いあいながら、移動を始めた人の流れに乗って、入口へと向かう。

「路地にいたクロネコが、教えてくれたんですよ。孝さんのお店」

よし。マスターの名前を呼べた。わざとらしくは……なかったと、思いたい。

「ああ、前脚にタビをはいた……」

「窓の所に座っている招き猫と一緒ですよね?」

お気に入りの席のすぐ横。窓際のお座布団に座った招客ニャンコが化けて、私をあのお店に招いたのかもしれない。

なんて、コーヒーを待つ間にいつも考えていたのは……ヒミツ。

『クロネコに、お礼をしなきゃ』とか、言っている孝さんと、その後も他愛ない会話をしながら開演を待って。

照明が落とされ、鼓動が走る。

「そろそろ、始まりますね」

「はい」

低くささやかれた声に、頷く。

ステージの上に、織音籠（彼ら）が姿を現す。

織音籠のメンバーにも、学生時代があったわけで。それぞれがそれぞれに、交友関係なんてものがある。

ステージの一番奥、ドラムセットに座るＹＵＫＩ（ユキ）が実は、同じ大学の一年後輩で。

更に言えば、私と千賀子が知り合ったサークルに、べた惚れの彼女と一緒に所属していた。織音籠を始めた頃から、ＹＵＫＩの方は、限りなく幽霊部員に近かったけど。

後輩のバンドだから。最初は、そんな仲間意識的な感覚でライブを見に行っていた。そして、何度か演奏を聞く内に、純粋に曲を好きになって。

彼らが卒業と同時にデビューしてからは、ＣＤを買ったりして、影ながら応援している。

〈最後まで、聞いてくれて　Thank you. And……See you again.〉

ボーカルのＪＩＮ（ジン）が、ステージを締めくくる。

客席に灯りがともる。

はー。楽しかったぁ。

エネルギーをチャージしてもらった感じで、頭とか背中とかぽかぽかとして気持ちいい。お腹の中ではまだ、リズムが渦を巻いて、音の滴が跳ねている。

「まっすぐ、帰りますか？　里香さん」

隣から聞こえた渋い声に、少しだけ考える。

小腹が空いてはいるけど……明日も仕事だし。

「そうですね……マ」

マスター、じゃないって。

「孝さんも、明日の支度があるでしょうし」

「俺の方は、昼間にある程度は済ませてあるので、大丈夫ですけど？」

そうか。今日は、定休日。

とりあえず、帰る駅は同じと、電車に揺られて。

最寄り駅の改札で、あとは右と左に別れるだけ、の状態で、

「よかったら、一杯。コーヒーを飲んでいかれませんか？」

と誘われた。

『今日は、朝からコーヒーを飲んでないな』と思うと、無性に彼の〝ブレンドコーヒー〟が飲みたくて、堪らない。さらに言えば、名残惜しい、ような……。

二つ返事で、家の方向へと背を向ける。

日が暮れてから歩く通りは、いつもと違って猫の子一匹いなくって。互いの足音がよく聞こえた。

孝さんは、高い身長に見合った大きな歩幅で、ザックザックと歩く。そぞろ歩き程度のスピードでは置いて行かれるようなことはないけれど、コンパスの違いは如何ともし難くて。

互いの足音は重なっては、ズレて。そしてまた、重なっていく。

真っ暗な店内に通されて、壁の灯りがともされる。昼とは違う影が生まれて、ほのかな艶が醸し出された。

陰翳礼讃（いんえいらいさん）、だ。

「このお店、夜には、こんな風なんだ……」

「元が、小料理屋ですから」

前の店から居抜きで……とか言いながら、〝マスター〟はカウンターの内側へと回り込む。

私は勧められるまま、いつもの席に腰を下ろして。窓際で左手を挙げている黒ニャンコに小さく挨拶をする。

さっき聴いたばかりの織音籠の曲を脳内ＢＧＭに、あちらこちらを眺めて。普段は目にすることのないこの店の、夜の顔を楽しんでいる間にコーヒーが入ったらしい。

お盆片手にカウンターを出た、彼の足音が近づいてきた。

「お相伴、させていただいても？」

この状態で、嫌と言うわけはないのだけど、律儀に尋ねるのが彼らしい。

頷く私に、ニコリと笑って、二つの湯呑みと、コースター。それから小皿に盛られたクッキーがテーブルにセットされる。

「じゃあ、お邪魔します」

お盆をカウンターに戻した彼が、正面に座る。

さし向かいの距離に気恥ずかしさを感じながら、コーヒーに口をつけて。ほっとため息がもれる。

「クッキーは、試作品ですけど。よかったら」

テーブルの真ん中に置かれた小皿が、そっと押すようにして近づけられる。

「これも、マスターが？」

「今夜は、〝マスター〟はやめましょうよ」

今は、営業時間じゃないですし。

そう言って彼は、アイスボックスクッキーを一つ、口に放り込んだ。

つられるように摘んだクッキーは、少しだけ歪な形をしていて、一口かじるとバターのいい香りが口に広がった。

刺繍もお菓子作りも、学生時代からの趣味だったらしいけど、それを仕事にまでしてしまうエネルギーが、正直に言って、うらやましい。

「孝さんは、どうしてこのお店を？」

そのエネルギー源を知りたくなって尋ねた私に、孝さんは湯呑みを手にとって。

「強いて言えば……織音籠の影響、ですかね」

「織音籠が？」

「はい」

彼は頷くと一口、コーヒーを飲んだ。そして少し考えてから、

「里香さん、一月のライブは行ったことありますか？」

と尋ねてきた。両手で包むように持った湯呑みを、緩やかにゆらしながら。

「一月って、何か特別なんですか？」

「一月のライブでだけ演奏する、限定曲があるんです」

そう言って彼は、もう一つクッキーを摘まんだ。

「一月って、特に何かありましたっけ？」

「神戸の震災」

その答えに、頭を殴られた気がした。

あれだけの惨事が既に〝過去のこと〟になっていた。

「一月にはＹＵＫＩがレクイエムを歌うんです」

「あ……」

あの子、そう言えば関西人だっけ。方言混じりの後輩の声が、脳裏を過ぎる。

「で、歌ったあとに『もしも明日が来なかったら、後悔することはない？』って、客席に話しかけるんです」

「後悔、ですか……」

「初演で聞いてからずっと、『後悔することはないか？』と自問自答を重ねて」

見つけた道が、これです。

そう言った孝さんの笑顔は。

ほの暗い店内で、輝いて見えた。


さすがに遅い時間なので、お代わりはせずに席を立つ。

「俺が誘ったので、今夜は奢りで……」

お財布を出した私に、手を振って、会計を拒む孝さん。

「じゃあ、遠慮なく。ご馳走になります」

「代わりに、今度の休みは来て下さいね」

先週も、待っていたのに……と、恨み言を言いながら、彼は引き戸を開ける。

連休後の先週末も……来なかった。

いや、私の心理的には、〝来られなかった〟。

課長のせいで、彼のことが好きだと気付いてしまったから。

駅まで送ってくれるという孝さんの言葉に甘えて、再び夜道を並んで歩く。

夜の静寂を楽しむように黙って歩く彼をチラリチラリと眺めて、この数時間で交わした会話を反芻する。

頭の中で再生するシーンとシーンの合間に、耳の底に浮かび上がる彼の言葉。

『もしも明日が来なかったら。後悔することは？』

あるよね？　後悔。

するよね？　今のままだったら。

表通りとつながる角まで来た時。決意が固まった。

あとは、どう言えば伝わるか、だけど。

「あの、孝さん」

「はい」

「また、こうやって……」

表通りの灯りの下で、首をかしげるように見下ろしてくる孝さんに、目で続きを促されたように感じて。

喉に絡んで掠れた声を、軽い咳払いで整える。

「マスターじゃない時間を、いただけますか？」

アーモンド形の目が、戸惑ったように逸らされた。

「それは……つまり……その」

あー。困らせてしまった。

仕事のプレゼンだったら、もっと戦略を練るのに。衝動では、やっぱり上手くいかない。

ここは、一度引くところ。

態勢を整えてから、改めて仕切りなおさないと。

「あ、いいです。忘れてください」

彼女だっているだろうし……と、モゴモゴ呟いた私の言葉は、拾われることなく、夜道に零れ落ちた。

「それは、つまり。常連客じゃない、里香さんの時間をいただけるんですね？」

「はい？」

「俺と、こうやって。会っていただけるんですよね？　店の外でも」

「……都合よく、受け取りますよ？」

「俺は既に、都合よく受け取ってます」

身をかがめた彼が、耳元で囁く。

「里香さん、俺とつきあってくれますよね？」

この状態で、嫌と言うわけがない。

「はい」

頷いた私に彼は、嬉しそうに目を細めた。

明日、出社したらまず、すること。

保留にしていたお見合いを、きちんと断ること。

5．写真はご遠慮ください

朝一番、というわけにはいかなかったものの、翌日の昼過ぎには、外回りに出ようとしていた樋口課長を呼び止めることができた。

謝罪の言葉を添えて、お見合いの話を断る。

「彼氏、ねえ。本当に？」

まるっきり信じてない顔で、課長が聞き返す。

一晩経った私自身が、信じられていませんけど。

「嘘をつくメリットもないと、思いますが？」

「彼氏がいるなら、その場で断るだろ？　普通」

「それは、まぁ……」

その時点では、いなかったし。

「そもそも。見合い話を持ちかけたってのは、つまり、クモの巣が張った『空き家』っぽく見えるってこと」

「はぁ」

「彼氏に可愛がられている女の子って、独特の色気があるんだよね。そんな子に、わざわざ男を紹介なんかしないだろ？」

悪かったわね。色気がなくって。

どうせ、ここ三年程は、彼氏もいませんでしたー。

課長のセクハラ発言にムッとしながら、表情筋をフルに働かせて受け流す。

「まあ、坂口さんの人生だから。他人がとやかく言うことじゃないけどね」

そう前置きをした課長は『仕事だけの人生は、虚しいぞ』と言いながら、エレベーターのボタンを押す。

課長の後ろ姿に軽く頭を下げて、デスクへ戻る前にお手洗いへと向かう。

今日は、金曜日。あと半日頑張れば、休日で。

孝さんに、会える。


土曜日は、朝から浮き足だっているのが、自分でもよく分かった。

洗濯をしようとして、洗剤をこぼす。目玉焼きを作ろうとして、割った卵の中身をシンクに捨てる。挙げ句の果てに、洗顔フォームで歯を磨きかけた。

落ち着け、落ち着け。

彼の待つ喫茶店に出かけて、お茶を飲む。言葉に表すとデートと言える今日の予定だけど。

場所は、彼のお店で。飲むのは、いつものブレンドコーヒー。

そして、今日の彼は〝マスター〟。

二人の間で交わした約束は、『今度の休みには、来て下さいね』と言われた、一昨日の言葉だけ。

細々した家事を片付けて家を出る頃には、すっかり日も高くなっていた。

そろそろ日傘も用意しなくては……と考えながら、日影を伝うように歩く。

すっかり手に馴染んだような引き戸を開ける。いつも通り彼の声に、迎えられる。

暖簾をくぐった、一瞬。思わず視線が店内を彷徨う。

奥のテーブルと、手前から二つ目のテーブルに二人ずつ。さらにカウンターにも一人、座っている。

このシチュエーションは、想像してなかった。

「少し、お待ちいただくことになりますが？」

ドリッパーを片手に確認してくるマスターに頷くと、

「あちらの席に」

空いた手が、いつもの席を指し示す。

窓際の招き猫は、いつも通り座布団に座っていた。

今日は繁盛している、なんて、考えながら腰をおろす。

いや『今日は』じゃないな。

この前の連休。千賀子と来たときもテーブルが全て埋まっていた。

これはどこかで宣伝があったたか。それとも。

「キミの甲斐性？」

コソコソと尋ねた黒ニャンコは、返事もせずにお客を招いている。

コーヒーを入れることに集中しているマスターを、遠目に眺めていてもいいのだけど。

お冷やも出されていない状態でじっと見つめるのは、『早くしろー』って、プレッシャーをかけることになりそうだと、思って。システム手帳を取り出して、シャープペンシルを握る。

来月あたりに、大学時代の友人五人と『ランチに行こうね』って言っている。頼子が久しぶりに出てくるらしいから……あの子の好きなイタリアンか、な？

だったら、去年新しくできたお店にするか、学生時代によく行った楠姫城市のお店にするか。

そんなことを考えながら、手帳の余白に落書きをする。

チーズにトマト。ピザは……なんだか失敗。

「上手いですね」

降ってきた声に、本気で驚いてしまった。

「お待たせして、申し訳ありません」

「いえいえ」

お冷やのグラスがセットされて、メニューが差し出される。

彼は仕事中。私は今、恋人ではなく、客として、ここにいる。

見上げた顔が、何かを唆すように笑っていた。

これは多分。オフィスラブ的なカモフラージュ。形だけメニューをめくって。

「ホットコーヒーをブラックで」

いつもの注文に、彼の笑みが深くなる。

「あ、マスター」

「はい、なんでしょう?」

「店内でスケッチするのは、かまいませんか?」

撮影禁止のお店だから、一応、聞いておかないと。

伝票を書く手を止めて、彼が頷く。

「それは大丈夫ですけど。何を描くんです?」

と尋ねられて。馴染みの黒ニャンコを指差す。

描きやすいように、と、座布団と一緒にテーブルへと下ろされた招き猫を見て、思わず。

「おざぶー、おーざぶ」

小さく口ずさむ。聞こえたらしきマスターがクスリと笑い声を溢す。

元歌は『デジャビュ感じる云々』って歌詞の、織音籠の超マイナーな曲で。なんとなく語呂が合うから、自宅で一人、座布団を干す時とかに、歌っている。

招き猫が座っている時には分からなかった刺繍が、この座布団にも施されているのを見て、つい歌ってしまった。

マスターの許可を貰ったことで、安心して。

手帳の前の方。空いているページを開く。

正面よりも、少しだけ斜めからの方が、いいかな？

うん。この角度から。


私が訪れた時が、一時的なピークだったらしく。

スケッチをしながらゆっくりとコーヒーを飲んでいる間に、新しく来た人は、いなかった。

私の背後、一番奥のテーブルにいたカップルが出ていくと、店内は、私と彼だけになった。

最後の客を見送ったマスターが、こちらへとやってくる。

テーブルを片付けるのだろうと思っていると、ストンと私の向かいに腰を下ろした。

「朝から、待ってた」

嬉しさが滲むような声で言われて、鼓動が跳ねる。

「一昨日、こうやって里香さんと過ごした時間が、夢だったかもしれないって」

自信がなくなって。

なんて言いながら、テーブル上の手をシャープペンシルごと握られた。

「今は〝孝さん〟の時間？」

「うん。お客さんが来るまでは」

空いた手が、シャープペンシルを抜き取って、招き猫の横にそっと置く。その手が湯呑みも壁の方へと場所をずらして。

「里香さん」

喉声で呼ばれた名前と、見つめてくるアーモンド型の目に捕らえられた。

テーブルに身を乗り出すようにして、孝さんが近づいてくる。

触れた唇に、男性の体温を感じる。

もっと触れたい。

触れ合いたい。

「夢じゃないのよね？」

吐息交じりに溢した声に、額へのキスが答える。

「夢じゃないって……今夜、確かめる？」

「孝さんって、そういう人だったの？」

「うん？」

「浮世離れっていうか……俗欲からは遠いイメージがあったから」

お店の雰囲気とか、仕事中の様子とか。第一印象がほら、〝職人さん〟だったし。

「欲？　まみれているよ？」

「そう？」

「今日は、このまま臨時休業にしようかと思うくらい」

里香さん、危険だよ？　どうする？

艶を含んだ声に、夜の店内を思い出す。

背中がゾクゾクする。

「毎度ぉー」

引き戸の開く音に、孝さんが立ち上がる。

ビニール袋を片手に入って来たのは、北通りの角にあるスミレベーカリーの店長さん。

「昼メシの注文は、これで良かったよな？」

「はい。ＯＫです。いつも、すみません」

「いや……こっちこそ、お邪魔しちゃった？」

そんな会話をしながら、お金のやり取りをして、カウンターの上にビニール袋が置かれる。

「女の子口説くときには、暖簾しまっておきなよ？」

「通り中に、言い触らしてることになりませんか？　それは」

「臨時休業してたら、言い触らしてやるよ。『孝の邪魔はするなよー』って」

ニヤニヤと笑うパン屋さんを戸口まで送っていく孝さんが、声を立てて笑う。

いや、笑い事じゃないって。

悪戯を見つけられた悪ガキのような表情で、肩をすくめて見せて、私の後ろのテーブルを片付け始める。

さっきまでの危うい空気の消え去ったお店の戸が再び開く。

新しいお客さんが、やってくる。そろそろ潮時。

彼の作業の合間を見定めて、会計を頼む。

システム手帳から抜いたフリーページを一枚、伝票と重ねて差し出す。

『夕方、また来ます』の文字に、彼の目が笑う。

その夜、私たちは。

お店の二階、孝さんの自宅で、互いの存在が〝夢じゃない〟ことを確かめあった。


二人の休日が全く合わないことは、付き合う前から互いに分かっていたことで。

一緒の時間を過ごすのは、基本的に夜になる。

お店が休みになる木曜の夜。仕事の後で待ち合わせての、夕食とか。

土曜日の夕方に彼のお店に出かけて、そのまま閉店までお客としての時間を過ごした後で、彼の自宅にお邪魔しては泊まっていったり。

たまに、日曜日のお昼ごはんをスミレベーカリーで買ってきて、〝お昼休み〟の孝さんと二人で食べることも、ある。

『欲まみれだよ』って言っていた彼だけでなく、私自身も彼に触れて気づいた〝欲〟があったりはするけど。

仕事をおろそかにして……なんてことは、さすがにいい年をして、できなかった。

「それで。里香。あのマスターとはどうなったわけ？」

　ピザを取り分けていた千賀子に訊かれて、ワインに咽せる。

「ちょっ、そんないきなり……」

　咽せて零しかけたグラスを、テーブルの上へと戻す。

　六月半ばの、日曜日。楠姫城市の東部にあるイタリア料理のお店に集まったのは、千賀子、頼子、郁美、早百合と私の五人で。小さな子がいる梓は、今朝になって急に、子供が熱を出したとかで来られなくなった。

　昼間からの飲酒に対するほんの少しの後ろめたさと、ワイン好きの梓への申し訳なさを見なかったことにしたのは……このお店のワインが、飲まなきゃもったいないと思うほど美味しいから。

　小さくグラスを合わせる、乾杯をして。

「やっぱり、コレよねぇ」

　千賀子が、ため息を零したのをきっかけにサラダを取り分け。運ばれてきたパスタに歓声を上げる。

　フォークを動かしながら、互いの近況なんかを話していて、郁美の引っ越しが話題になる。

　頼子も不規則な仕事で、なかなかこんな風には集まれなくなってきているし。だんだんと学生時代が遠くなるなぁ、なんて考えているところへの、千賀子からの不意打ちに、私はワインに咽せるほど焦ってしまった。

「で？　どうなのかなぁ？」

　ナプキンで口元を押さえて咳をやり過ごす私に、千賀子が追い打ちをかけてきて。

「え？　何？　マスターって」

　早百合が更に、隣から肘でグリグリと小突いてくる。向かいに座った頼子も興味津々って顔でこっちを窺いながら、ピザを囓っているし。

「パスタ。片付けてしまうね」

　大皿に三口分ほど残っていたパスタ引き取ることで、ごまかしてみたけれど、長い付き合いの友人たちは、そんなに甘くない。

「里香？　ごまかすなら、千賀子に訊くからね」

　頼子が、千賀子に話を振ろうとするから。

「あー。うん……マスターは、マスターで」

「ねぇ？　千賀子ぉ？」

　しどろもどろな答えに、痺れを切らした頼子の声。

「わー。言うから。言いますから」

結局、白状させられることになってしまった。

「うちの近所にある喫茶店のマスターで、孝さんって人なんだけど」

グラスに半分ほど残っていたワインで口を湿らす。話し終わるまで、残っているかなぁ？

「和風喫茶、って感じの、ちょっと変わったお店ね」

「おー。千賀子も知ってるんだ？」

「里香の、オ・ス・ス・メ」

ピザを片手に、千賀子が歌うように答える。早百合と千賀子の会話の間に、通りがかったウエイトレスさんにワインのお代わりを頼む。

「で、名前。訊けたんだ？」

「訊けたっていうか……」

残りのワインをグッと煽って、勢いをつける。

「付き合ってる。先月から」

ヒューと、おおーの交じった歓声を挙げた友人たちの盛り上がりに、照れが生まれる。しまった。ワインを少し残しておくべきだった。

「急展開だねぇ」

ニヤニヤ笑う千賀子から逃げるように目を逸らして、取りそびれていたピザに手を伸ばす。あ、さっき取ったパスタを食べてない。郁美の横に積まれている新しいお皿を一枚、取ってもらって、改めてフォークを手にしたのに。

「で。里香さん。何がきっかけでしょうか？」

千賀子が更に、訊いてくる。『里香さん』なんて、妙な丁寧さが気持ち悪い。

「ええっとぉ」

時間稼ぎっぽく、パスタを口に運ぶ。大好きなクリームパスタなんだけどなぁ。

「織音籠のライブに、一緒に行った」

微妙にいろいろ端折った感は、あるけど。

「趣味が合うって、良いよね」

郁美がニコニコ笑って、同意してくれて。

「ね？　食べ物の趣味が合うのは、なんとなくわかっていたし」

「通いつめるくらいの常連客なら……そうよね」

千賀子も、頷くけど。

「え？　里香と食べ物の趣味が合うの？」

「そのお店、大丈夫？」

早百合と頼子が酷いことを言って、悲鳴を上げる。趣味が悪くて、すみませんねぇ。

「織音籠、かぁ」

郁美が、懐かしそうに言って。

「野島くん、だよねぇ」

ピザを食べかけていた早百合も、思い出を辿るように遠い目をする。

今日来てない梓を含めた全員が、同じサークルに属していたから、織音籠のYUKIである野島くんの先輩だったわけで。

一緒に学園祭のステージも見たよね、なんて話からそのまま、学生時代の思い出話へと流れていった。

二人の間で新しい生活のリズムができつつある頃、世間はお盆に入ろうとしていた。

私の会社は例年、一週間のお盆休みがある。

今年は、木曜日から水曜日までの一週間で。

初めて孝さんと、昼間のデートを楽しんだ。

駅で待ち合わせて、電車に乗って。市の東部にある水族館で休日を過ごす。

夏休みとあって、周囲は赤ちゃんから小学生まで、子どもたちでいっぱいだった。

特に人気者らしいラッコなんて、水槽前に近づくための行列ができるほどで。

並んで待つ私たちの前には、小さな男の子を抱っこしたお父さんと、女の子の手を引いたお母さん。お父さんの肩ごしに、男の子と目が合う。

合った途端、はずかしそうにお父さんの肩に顔を伏せて。それでも気になるらしく、チラリチラリとこちらを窺っている。

何度目かに顔を上げた時、ヒョットコのように口を尖らせて見せると、ケタケタ声を上げて笑う。

怪訝そうなお父さんの顔が振り向く瞬間に、顔を戻す。

「里香さん」

隣で肩を震わせて、孝さんも笑う。

「子供って、好き?」

「まあ、嫌いじゃないかな?」

「歳の離れた弟とかいる?　子供慣れしてる感じだけど」

「一つ下に、憎ったらしいのが一匹」

私の答えに、また笑う。

「里香さんと年子ってことは、俺の弟と同学年か」

「ってことは……孝さんの三つ下？」

「生まれ年は、四つ下だけど。アイツ、早生まれだから」

孝さんにも、弟がいるんだ。

こんなところも、私たちは、仲間だ。


水族館に行った翌日から一泊だけ、実家に帰って。

土曜日の夕方は、いつもの通り彼のお店へと向かう。

閉店前の店内には、一番奥のテーブルに一人、男性客が座っていた。

あれ？

あの人、もしかして……。

「マスター。今日は、カウンターでも良いですか？」

いつものテーブルを示す彼を遮るように、声をかける。

ちょっとだけ、驚いた顔をした孝さんは、それでも穏やかに微笑んで。

「構いませんよ。どうぞ」

と、白い招き猫の方へ、手を伸べた。

「マスター、奥のあの人……」

お冷やのグラスを運んできた彼にこっそりと話しかける。

「プライベートで来られているので……」

そう言って、グラスを置いた右手の人差し指を立てて口元へと、当てる。

『騒がないで』ってことらしい。

コーヒーを注文してから、そっと体を捻るようにして、テーブル席を窺う。

白っぽい紅茶用の湯呑みを前に、分厚い本をめくっているのは。

織音籠のボーカル。

ＪＩＮだった。

視線を感じたように、ＪＩＮの頭が上がるのを見て、慌てて前を向く。カバンを探って本とポーチを取り出す。

中から出てくるのは、シャトルに巻いた糸と、その先に繋がったレース編み。

カチ、カチ、カチ、カチ。

音をたてて糸を繰り出し、本を広げて。

コーヒーミルの音を聞きながら、編み目を数える。

閉店までの時間をつぶすのに、毎度毎度招き猫のスケッチをしているわけにもいかなくって。

何かないかと覗いた本屋で見つけたのが、タティングレースの本だった。

作品に興味を惹かれて、孝さんが行きつけにしている大型手芸用品店で相談してみると、簡単に道具も揃って。

基本のモチーフから、練習を始めている。

くぐって、こえて、しめる。

こえて、くぐって、しめる。

くぐって、こえて、しめ……る向きを間違えた。一目戻って。

「大分、進んだ？」

コーヒーの香りと一緒に届いた声に、生返事を返す。

飾り編みが一目と……。

「手元から、少し離して置いてあるけど、気をつけて」

「うん、ありがとう」

あと、二目で。一つの区切り、と。

シャトルをテーブル上に置いて、ぐーっと、伸びをする。

普通の編み物と違って、手を休めても編み目が落ちないのが、タティングの良いところだと思う。それから、目を拾うわけじゃないから、手元が少々暗くっても編めるところと。

孝さんが気を使って置いてくれたお湯呑みを、コースターごと引き寄せる。

白い招き猫と、目が合う。

「今日はまた、すごいのを招いたねえ」

小声で白ニャンコに話しかける。そして、コーヒーを一口。

洗い物を終えた孝さんが、カウンターの向こうで腰を下ろしたのが、見えた。

「マスター」

「はい？」

「前から聞きたかったんですけど……」

「何でしょう？」

「窓際の黒い子と、この白い子はペア？」

目の雰囲気が似ているような気がする。

「どうでしょうかね？　あまり深くは考えてなくって……」

窓とカウンターを見比べた彼の視線が、レジの方へと流れる。レジ横の黒い子は、右手を上げている。

「そういえば、このお店、招き猫が多いですよね？　猫好きなんですか？」

「ええ。実家でも猫を飼っていましたし」

「じゃあ、店の周りも猫だらけで、うれしいでしょ？」

「うーん」

唸りながら首を傾げた孝さんの視線が、チラリと私の背後に流れた。後ろに座っているＪＩＮへと注意を払うように。

さすが〝職人さん〟。おしゃべりをしていても、店内に気を配り続けているらしい。

「俺よりも多分、弟の方が喜ぶかな？　店を見に来た両親にも言われたけど」

「あー、三つ下の……」

「実家で最初に飼った猫も、小学生の頃にアイツが拾ってきた猫で」

「へぇ」

「子どもの頃から、野良猫でもいつの間にか手懐けるヤツでね。俺の吸うタバコを嫌うところまで、猫と同調してて」

懐かしそうに話す孝さんの言葉に、背後から咽せたような咳が聞こえた。

振り返るとＪＩＮが、口元を手で覆うようにして、大きな体を丸めていた。

カウンターから出た孝さんが、ハンドタオルを差し出す。

「Thank you」

ステージ上と変わらぬ低い声が、礼を言う。

おお。生の声を聞いてしまったよ。マイクを通してない。

やがて、咳が落ち着いたらしいＪＩＮが席を立って、孝さんとレジを挟んで向き合った。

なんだろ。あの二人。雰囲気が似ているような気がする。さっき話題に出した、招き猫たちのように。

まぁ。孝さん、織音籠のファンだし。影響されることだって、あるだろう。

そんな事を考えながらお湯呑みに口をつけていると、お釣りを受け取るＪＩＮが孝さんの耳元で何かをささやく。

「大丈夫。分かっているから」

孝さんが、そう答えたように聞こえた。

そして、引き戸を開けるＪＩＮの後ろ姿に、

「また、いつでもどうぞ」

と、穏やかな声をかける孝さん。

ＪＩＮは振り返ることなく、後ろ手に手を振って夜の中へと帰っていった。

「孝さん」

「うん？」

テーブルを片付けている彼に、

「ＪＩＮって、よく来るの？」

本人の前では聞けなかったことを聞いてみる。さっきの帰り際のやりとりは、かな

り親密そうに見えた。

「里香さんほどじゃないよ」

「いや。そこを比べるのは、どうかと」

「月に一回……は、来てないか。忙しいだろうし」

「最初は、やっぱり驚いた？」

「まあ、それなりに？　開業してすぐ、だったからね」

よく見つけたなぁ。マスター本人が『わかりにくい』と自覚しているようなお店。

「ＪＩＮにも、『約束事』見せたの？」

「いや、あれは……」

洗い物を始めた彼が、言葉を探すように黙って。

その沈黙で、閃いたこと。

「撮影禁止なのは、ＪＩＮが来るから？」

「あー。ばれた？」

「うん」

「店のルールにしてしまえば、彼も断りやすいかな、くらいの気持ちで」

そんなに騒ぎになるほど、うちの店が流行ってないのが痛い。

そう言って彼は、水を止める。

それでもＪＩＮのサイン色紙を飾ったりして、宣伝に使おうとしないところが、孝さんらしい。

「里香さん」

「はい？」

「そろそろ、ラストオーダーにしようかと」

「あー。おかわりは、結構です」

マスターとお客の時間も、そろそろ終わり。

これから朝までは。

恋人としての時間。

6．おしゃべりは……

お盆休みの後半は、お店もさすがにお休みで。二人のんびりと彼の家で過ごす。ほんの三日間だったけど、新婚生活のような密度の濃い時間を満喫して。

いつもの生活に戻る。

その翌週末。

私はターミナル駅に近い商店街で、孝さんのお店に行くまでの時間を潰していた。

立ち寄った文房具屋から三軒ほど西。ＣＤショップの前で足をとめる。

大学生くらいの女の子が二人。店頭に貼り出された織音籠のポスターを指差して、騒いでいる。

「ほら、言ってたヤツ」

「うわー」

「でしょ？　『うわー』って」

「何、これ。妖しすぎ」

話題のポスターは三人がけのソファの真ん中にボーカルのＪＩＮ、その両隣にギターとベースが座っている。ベースの後ろでは、かつての後輩、ドラムのＹＵＫＩが半身を捻るようにして、背もたれに腰掛けている。

そして、彼女たちの反応の原因だろう、キーボードのＲＹＯは。

背後から抱き付くようにして、ＪＩＮに頬を寄せていた。

「これさ、ＪＩＮの方もＲＹＯ側に頭を傾げてるよね？」

「やっぱり？　やっぱり、そう思うよね？」

うーん？　そうか？

そう言われると……そう見えるのが、オソロシイ。

それはともかく。織音籠、新譜が出るんだ。

バラードを集めたセルフカバーか。

私がポスターに書かれた文字を読んでいる間も、二人のテンションは謎の盛り上がり見せていた。

「姫って感じ？　ＲＹＯって。織音籠の」

「なんか、分かるー。気位が高くって……シャム猫タイプ？」

いわゆる女顔で背中辺りまで伸ばしたワンレンなんて髪型のＲＹＯは、確かにそう言われてもおかしくはないような雰囲気ではあるけど。

「ＪＩＮがベタベタに甘やかしてそうよね？　で、ＲＹＯもＪＩＮにだけは甘えるとか？」

「えー？」

「この色気。絶対にそうだって」

ふーん。樋口課長の言う〝可愛がられている色気〟って、これか。

「いやー、逆じゃない？　きっと、ＲＹＯの方がベタ惚れだって」

「そう？」

尋ねられた方が言うには、彼氏が『俺、ＪＩＮにだったら抱かれてもいい』と言ったとか、言わないとか。

「何それ！　実況レポート、よろしく？」

「いや、さすがに向こうにも好みがあるっていうの！」

ついていけない話題に、頭が痛くなってきて、その場を離れる。

孝さんの店で一人、静かにお茶を飲んでいたＪＩＮの姿を思い出して、芋づる式に孝さんと内緒話をしていた光景までが、脳裏に浮かぶ。

『俺、ＪＩＮにだったら……』

いや、ないから。そんな事実。

『大丈夫。分かっているから』

って、あれ？　あの会話って、何？

妄想としか言いようのない光景は打ち消して、デパートへと向かう。ウインドウショッピングをしばらく楽しんでから、最上階の催し物会場へ。北海道物産展で、夕食に海鮮丼を買って。

少し早いけど、お店に行くことにした。

夕立でもきそうな空の下、通りを歩く。怪しげな天気のせいか、蒸し暑さのせいか。今日の路地には一匹の猫もいなかった。

お盆休みの前に貰った勝手口の鍵で、住居の方へとお邪魔する。冷蔵庫に買ってきた物をしまって、ついでに洗濯物も取り入れてから、お店の方へとまわる。

今日のお客は、入口から二つ目のテーブルに座った親子連れ。

幼稚園に入ったくらいの男の子は、一生懸命にミックスジュースを飲んでいる。その様子を、慈愛の篭もった眼差しで母親が見守っていた。

窓近くのいつもの席からそんな母子を眺めていると、孝さんが注文を取りにきた。

コーヒーと一緒に、新メニューのパウンドケーキを注文して。

今日もまた、タティングレースのシャトルを取り出す。

少し形が様になってきたから、次は栞を作ってみようかと、先週からチャレンジ中。

どこまで進んだっけ？　と、編み図を確認していると、店内に携帯電話の着信音が流れて、隣のテーブルに座ったお母さんが、電話に出る。

外はとうとう雨が降り出したらしい。

「迎えに来てくれるのは、助かるけど。ショウくん、場所わかる？」

親子を家族の誰かが迎えに来るらしい会話を聞くともなく聞きながら、シャトルから糸を繰り出す。

「スミレベーカリーの角を曲がって」

ふむ。駅とは逆から来るのか。

「猫の薬屋の隣。ひらがなで『きっさ』って、暖簾が……」

店名の入ってない個性的な暖簾は、丁度いい目印らしい。


「しばらく雨宿りというか。人を待たせていただいてもよろしいですか？」

私のテーブルに注文の品を並べて、カウンターへと戻る孝さんが隣のテーブルに呼び止められる。

「ええ。どうぞ。ごゆっくり」

「あの、パウンドケーキって、アルコールは……」

チラチラとこちらを気にしながらの言葉に、フォークを取りかけた手が止まる。

何も考えずに、いつもの席に座ったけど。ちょっと、失敗したような気がする。カウンターに座ればよかったかも？

反省未満の気持ちを抱いてお湯呑みを取り上げた私の耳に、『オレンジピールが……』と説明をしている彼の声が届く。

孝さんの、職人気質が作ったようなお菓子だから、きっと食べる人を選ばない。手をつけていないパウンドケーキを眺めつつ、コーヒーを味わう。

障子越しの窓から、雨音が聞こえてきて。

本降りになってきたらしい外の気配を感じながら、シャトルを操る。

三切れのパウンドケーキが盛られたお皿を前に、小声でおしゃべりをしながら男の子は、メモ帳に落書きをしているらしい。

お母さんがひょいと取り出した暇つぶしグッズに、子どもの頃に読んだ北欧の童話を思い出す。確か、トロルのお母さんの黒いハンドバッグから、いろんな物が出てきたように覚えている。

静かな店内で、孝さんもカウンター内の定位置に腰掛けて、針仕事をしている。日常生活の合間に挟む、こんな時間こそが日常を支える糧になる。

静けさを剥がすように、引き戸が開く。

眼鏡をかけた男性が店内を覗いて、外へと合図を送る。

立ち上がった孝さんは、

「いらっしゃい」

お客が入ってくるのを少し待つようにしてから、声をかける。

外にいた誰かは入ってこないまま、引き戸が閉められた。

「おとーさんだー」

男の子の声が弾む。どうやら、お迎えが来たらしい。

お母さんのバッグから、今度はハンドタオルが出てくる。

本当に、いろいろ出てくるもんだ。

「もし、お急ぎでしたら、残りはお包みしますが？」

そう問いかけながら、孝さんは新しく用意したお冷やのグラスをテーブルに置く。

ハンドタオルで肩の辺りの雫を押さえていたお父さんは、そんな孝さんをじっと見て。

「違っていたら、すみません。もしかして、今田さん？」

遠慮がちな声をかけた。

「そうですが……」

「小山（こやま）です。新入社員の頃にお世話になった」

「あー」

いつもより高め。とは言っても十分低い声が叫び、お客さんに指をさす。

「転勤で、こっちに？」

「いえ。友人の結婚式があるので……お盆休みの直後なんですけど、里帰りみたいなものです」

カウンターに一人座った小山さんと、コーヒーの支度をしている孝さんの間で会話が交わされる。

明日の披露宴で余興をすることになった小山さんは、仲間と練習のためにカラオケボックスへ行っていたとか。

お母さんの実家が隣駅との間あたりにあるので、散歩がてらやって来た親子が、雨で足止めをくったとか。

一緒にいたお仲間がお母さんと幼なじみで、お店の前まで案内してもらったとか。

お隣の薬屋は、昔から『猫の薬屋』と呼ばれているとか。

「まさか、今田さんが喫茶店のマスターになっているとは、思いもしませんでした」

「俺も、色々あってな」

忘れていた、と言いながら『約束事』が差し出されたのが見えた。

小山さんが受け取るなり、笑う。

「禁煙って……」

「悪いか？」

「いや、良いことだと思いますけど。あれだけ吸ってた人が……」

どうやら孝さんは、かつてかなりのヘビースモーカーだったらしい。

禁煙がなかなか大変だったと聞いたのは、いつのことだっただろう。

「金を燃やして体を壊すような馬鹿なことは、止めたんだ」

どこかで聞いたような言葉を真面目くさった顔で言いながら、カウンターから出てきた孝さんは、笑いを止めた彼の前にコーヒーを置いた。

カウンターへと戻る孝さんに、お母さんが会釈をしたのが見えた。

カウンターを挟んで、二人が小声で語り合う。

このお店では珍しい光景は、小山さんがコーヒーを飲み終えるまで続いた。


その夜、寝物語に小山さんの話題が出た。

「新人時代の教育担当が、俺だった」

電話の取り方から仕込んだと、懐かしそうな声で話す。

「配属も同じ営業でさ。人当たりも良くって、向いている感じだったんだけど、入社から一年が経ったかどうかってあたりで、成績が落ちてきて」

　二年目だか、三年目だかに地方の営業所へと飛ばされたらしい。

「左遷？」

「というのも、違うかな？　当時は俺もそう思ったけど。仕事が合ってない感じで、無理をさせられないな、ってのが上の判断だったみたいだな」

「あー」

「さっき話してたら、『学生時代から付き合っていた年上の彼女に釣り合いたくて、無理をしてたら転んだ』みたいなことを言っていたんだけど」

　転勤前には、幽鬼じみた雰囲気を纏っていたらしい。確かにそれでは、取れる契約も逃げるだろう。

「それこそ、本末転倒……」

「まあまあ。本人は向こうの水が合っていたらしいから」

「でも、そんな状態だったら、ダメになってない？　彼女とも」

「いや、今日のあの奥さんがその人だったみたいだし。結果的には良かったらしいよ」

　小山さんのタバコを諫めた人、らしい。

「そんなことまで、分かったの？」

　さすがは、マスター。

「アイツが言われた『金を燃やして、体を壊すなんて』って言葉を真似したら、奥さんが驚いた顔をしたから」

あー。昼間に聞いた、どこかで聞き覚えのあったアレか。確か、禁煙の話を孝さんがしていた時に聞いたような……って、前後のやり取りを含めた記憶が呼び起こされた。

その頃はまだ、彼に惹かれている自覚がなかったのに、カノジョの存在を気にしていた自分に気付く。

何をやっていたんだろうね。『知り合いから聞いた話』を、邪推したなんて。

ヤキモチを妬いた自分が恥ずかしくなって、話題を変える。

「そう言えば」

「うん？」

「孝さんって、カラオケに行ったりするの？」

渋いこの声で歌ったら、さぞかし……と尋ねる。

「行かない」

にべもない答えが、返ってくる。もぞもぞと、姿勢を変える。

「俺、音痴だよ」

「音痴？」

「うん。音楽の授業で先生に、『何、このかわいそうな子』って顔をされた」

『だから人前では歌わない』と、あくびと一緒に、言葉がこぼれ落ちる。

「歌で思い出した」

と、さらに話を変えられた。

「近いうちに、織音籠のアルバムが出るって」

「あー、昼間ポスターを見た」

何とも言えないモヤモヤを思い出して、そっと息を吐く。

「あれ、予約してたりする？」

「いやー、悩み中」

「じゃあ、俺が買うから」

興味はあるけど、セルフカバーだし。

「うん」

貸してもらえたら、それで十分。


借りるつもりだった織音籠のニューアルバム『Hush-a-bye（ハッシャバイ）』は、発売直後の土曜日の夜、手渡された。

「ささやか過ぎるけど、誕生日おめでとう」

の言葉と一緒に。

彼の言葉通り、私は明日、三十四歳の誕生日を迎える。

「いや、そろそろめでたくないんだけど」

憎まれ口をたたく私に、

「これも追加で」

と、筒状に丸めた紙も差し出された。独特の光沢に、まさか……と思った通り。

織音籠のポスターだった。

「予約特典って、あったんだ」

苦労して広げた私を手伝って、彼が上端を持ってくれる。

「って……サイン入り？」

「うん。特別サービス」

おおー。初めて、だよ。サイン入りのポスターなんて。

気をつけて、巻き直して。CDのラッピングを開ける。違和感のようなものを感じながら、取り出してケースを開く。

「うわ。こっちも、サインが……」

「驚いた？」

違和感の正体は、CDがビニールパッケージを被っていないこと。中のブックレット裏面に書いてあるサインを見て、謎が解けた。

あー、さては。ＪＩＮに頼んだな。お客で来ている人に、『Ｔｏ里香』なんて、宛て書きまでさせて。

彼がマスターとしてのポリシーを曲げて用意してくれた、最高のプレゼント。一生の宝物だ。

そんなことを考えながら、サインを眺める。

うん？　ちょっと待て。

このサイン……〝ＪＩＮサイン〟じゃなくて、〝Ｆｕｌｌサイン〟だ
織音籠のサインには、二種類ある。織音籠の文字の周りに五人が寄せ書きしたようなＦｕｌｌサインと、例えばＪＩＮが書いたらＪＩＮサインと呼ばれる、メンバーの一人だけが書いたものがある。

ＪＩＮサインなら、不思議はない。昨日とかに来店したＪＩＮに頼めば、その場で書いてくれることもあるだろう。Ｆｕｌｌサインでも、発売日から日が経っているなら……まだ、納得がいく気がするけど。

発売から三日しか経ってないのに、これって？

孝さんは呑気に『ちょっとばっかし、ツテを頼ってさ』なんて言っているけど。

どんなツテを辿れば、こんなことができるわけ？

7. 互いに気持ちよく

誕生日の当日も、いつも通り彼は仕事で。私も働く彼を眺めつつ、お店の片隅でいつものようにコーヒーを楽しむ。

その夜、プレゼントの一つとして連れて行ってもらった少しオシャレなフレンチレストランは、さすがにストライクゾーンの真ん中近くで。彼と私のストライクゾーンの重なり方に、お料理と一緒に、うれしさも噛みしめる。

「喜んでもらえて、良かった」

ラムチョップにナイフを入れる彼が、ホッとした顔で笑う。

「孝さんは、今までにも来たことがあったの？」

「まあ、ね。会社勤めの時には営業職をしていたし、この辺りは、ホームグラウンドみたいなものかな？」

接待用の店とか、友人たちと飲みに行く店とか。色々調べたよ？

なんて言っている彼と、また一つ、仲間になった。

私自身も仕事の武器として、確かにそういった〝お店リスト〟は持っている。

「辞めるまで、ずっと営業畑？」

「いや。この前、店に来た小山が転勤になった頃に、俺も情報管理へ異動になったけどね」

「その後で脱サラ？」

頷く彼は、フォークを口へと運ぶ。

「だったら、この辺りにお店を……って、思わなかった？」

ワインを一口飲んでから尋ねる。

「うーん。地代とかの条件が厳しかったし。何よりも、あの家に呼ばれたから」

「呼ばれた？」

「うん。里香さんは、〝calling〟って、知ってる？」

逆に尋ねられて。つけ合わせのオクラをカットしながら考える。

「呼ぶとか、電話がかかるとかの意味じゃなかった？」

あまり得意ではなかった英語の授業を思い出して、答える。

「そう。あとは、〝天職〟」

へえ。

「俺も祖父からの受け売りだけどね」

天から『お前の進む道はここだ』と、呼ばれるらしい。

「開店に必要な諸々の準備をしている段階で、不動産屋の資料であの家のことを知ってから、どうしても気になって。それで実物を見せてもらった瞬間に、あの店のイメージがバーンと」

「はあ。なるほど」

「店をするなら、ここだ！　って」

改装の必要性も感じないほど惹かれたから、居抜きで買い取った、とか。

幸せそうな顔で来し方を語る孝さんを眺めながら考える。

私は今まで、何かに呼ばれただろうか？

これから、どこかに呼ばれるのだろうか？

翌日。朝一番のメールチェックをしていると、隣のデスクの後輩、田尻（たじり）さんが出勤してきた。

彼女が来たならそろそろ始業だと思いながら、次のメールを開く。

「坂口さん、昨日は誕生日ですよね？」

挨拶もそこそこに尋ねられて、ディスプレイから顔を上げる。

「めでたくもない歳だけどね」

苦笑を混ぜて、軽く自嘲してみせる。五歳年下の彼女やその同期あたりが、私のことを〝営業のお局〟と呼んでいることくらい、知っている。

「いやいや。そんなこと、ないですって」

「そう？」

「で、彼氏からはプレゼント、もらいました？　ね、教えて下さいよー」

この流れは……去年まではなかった。

ため息を殺しつつ、ちらりと目を向けると、課長が興味津々って顔で私たちの会話を聞いているのが見えた。真夏に一度だけ、突発の飲み会をパスした私に課長が『今夜はデートか？』なんて言ったせいで、この流れなんですけど？

何をもらったとしつこい後輩に、あっさりと『好きなアーティストのＣＤ』と答える。

「えー。じゃぁ、デートが特別だったんですか？　週末だし、ちょっと旅行とか」

「別に。向こうにも仕事ってものがあるし」

「そんなに隠さなくっても、いいじゃないですか」

「隠してないって」

いや、ちょっと隠しはしたけどね。

田尻さんが想像するような特別なデートをしていたとしても。

朝から〝そういう話〟ができる若さは、やっぱり私にはないわ。

午前中の外回りにひと段落つけて。一度会社へ戻ってから、昼食に出る。

電話当番らしき経理の子と、軽く挨拶を交わす。そう言えば、私が断ったお見合い話は一つ年下の彼女へと流れたとか、流れなかったとか？

それはそれとして。今日のお昼は……コーヒーショップで済ませようか。

お昼時とあって、会社から通りを挟んだところに建つお店は、かなり混んでいた。

二階の禁煙席の隅に座って、アイスコーヒーにシロップを垂らす。ミルクは無しが、ここでのストライクゾーン。

『いただきます』と口の中で唱えたところで、聞き覚えのある笑い声が、すりガラス状のパーティション越しに聞こえてきた。

あれは、田尻さんとその同期たちだな、と思いながらストローに口をつける。

半分ほどクロックムッシュを食べたところだっただろうか。

「で、さ。うちのお局」

田尻さんの声に、一瞬。肩に力がこもった気がした。

私のことを、噂してる？

「昨日、誕生日だったんだけど。彼氏からのプレゼントがＣＤ一枚だって。普通ないよね？」

続く言葉は、嘲りの色を含んでいた。

「ないわー。絶対に、あり得ない」

応える声は、おそらく経理の若い子。

「でしょ？　それに。まだ続きがあるんだってば」

「え、何、何？」

違う声が、話を煽る。

「デートも無しだったんだって」

「それは、さすがのお局も怒るでしょ？」

「それがさ、全然。『向こうにも生活があるから』だって」

「ちょっと、それって……」

誰かの言った〝不倫〟の言葉に、悲鳴のような笑い声が被さる。

もう、どれが誰の声か。分からないくらい、気持ちは荒れて。

体全体が燃えているようだった。

「だったら、繋がるんじゃない？　奥さんに財布を握られてて、しょぼいプレゼントしかできないようなオッサンなんだよ。きっと」

「おおー」

勝手に決めつけるな。

「逆に、不倫を隠す隠れ蓑とか？」

「え？　何、それ。何、それ」

「人妻と付き合っている男が、カムフラージュに……」

「あり得る、かも？」

「少なくとも、本命の彼女って扱いじゃないよね」

「だよねー。最優先でしょ？　普通」

彼にとっては今、お店のことが最優先。そんな職人気質の彼だから私は惹かれたし、それの何が悪い。

深呼吸をして。目の前に見えている一点。今は、ガムシロップの空容器に意識を集中する。

怒るな。

流せ。

ほら。できるよね？

伊達にこの仕事、続けてなんかいない。

きゃあきゃあと姦(かしま)しいはしゃぎ声を、意識からシャットアウトして。

冷めてしまったクロックムッシュにかじりつく。

氷の溶けたアイスコーヒーは、無性に孝さんのコーヒーを恋しくさせた。

かといって。

互いの休みでもない月曜日の夜に、ふらりと訪ねることも気が引けて。何よりも、午後からの仕事の能率ががた落ちで残業になってしまったこともあって。

次に彼のコーヒーを飲んだのは、木曜日の朝だった。


水曜日の夜、お店を閉めた頃合いに電話がかかってきた。

『明日、どうする?』

そんなお伺いから始まるのも、携帯にかかってくるのも、いつしか彼が作り出した〝約束事〟だった。

「一つ、わがままを言ってもいい?」

『珍しいね。どうした?』

「仕事に行く前、モーニングコーヒーを飲ませて?」

自意識過剰、かもしれない。でも、この三日間、どうしても田尻さんとその仲間たちの視線が痛く感じてしまって。

彼に、彼のコーヒーに。

癒されたかった。

『朝ごはんも食べずにおいで』と言われて、そのまま出勤できる状態で朝のお店へと向かう。

早起きな猫たちも、路地で餌にありついていた。

「おはようございまーす」

初めて来たとき同様に暖簾のかかっていない引き戸を開けながら、店内に挨拶をする。

「おはよう、里香さん」

作務衣とは違う孝さんが、カウンター内で微笑む。

昨夜の電話で伝えていた電車の時刻を、軽い調子で確認する彼に応えながら、いつもの席に腰を下ろす。

「すぐに用意できるから」

お冷やも出さないけど……って言葉に重なるように、コンロに火を着ける音が聞こえた。

店内にバターの香りが漂うなか、『何ができるのか、楽しみだねぇ』って、窓辺の招き猫に心の中で話しかける。一年近く通い続けて、すっかり定位置になったこの席で、朝ご飯を摂るのは初めてのことだった。

彼と過ごす日曜日のお昼時には、通り沿いのスミレベーカリーでサンドイッチなんかを買ってきて、一緒に食べることもあるけど。店を閉めたあと、つまり泊まった夜や翌朝の食事は、支度も二階の自宅スペースを使っている。

　フライパンの中身をよそう彼を急かすように、ヤカンが沸き立つ音もして。

　いつものように、サーバーへお湯を注いでいる孝さんの姿を眺めているだけで、なんとなくこの数日間のモヤモヤが薄れていくような気がした。

「お待たせ」

　コーヒー用の湯呑みと色調のよく似た茶色い角皿には、サラダとスクランブルエッグが盛られていた。

　バターの香りは、これだったんだ。

　孝さんの作る物だから、きっと生クリームも入っていて……って、口の中が勝手に期待する。

「トーストのお代わりもあるよ」

　コーヒーと一緒に、こんがりと焼かれたトーストがテーブル上に並べられた。

　そして向かいの席には、孝さん。

　目にも鮮やかな黄色の半熟スクランブルエッグは、絶妙な塩加減で。

　合間に楽しむサラダも、『このくらいの酸味が、好きかも……』って思いながら、フォークでキュウリを持ち上げる。

「いつもとはドレッシングの酸っぱさが違う？　よね？」

週に何度か、孝さんと食事を共にするようになって、美味しく生野菜を食べる機会が増えた。

お店で出している果物を仕入れている近所の青果店が、野菜も扱っていて。果物と同じくらいおいしいし、傷みやすいレタスなんかも孝さんとシェアすることで、以前に比べて買いやすくなっていた。

「どこで売ってるの？　買って帰りたいくらい」

「そこまで喜んでもらえたら、頑張って作った甲斐があった」

フレンチドレッシングだから、材料を混ぜただけだけどね、って言いながら孝さんは、雫形の小さな鉢に入っているドレッシングをスプーンで掬って、自分のサラダにかける。

敢えてプラボトルで出さないのが、この店らしいと思っていたけど。なるほど。自家製だったのか。

「里香さん、今日は早出？」

トーストにバターを塗りながら、孝さんが尋ねてくる。

「ううん。いつも、こんな感じだけど？　どうしたの？」

「会社の場所から考えたら、かなり早くない？　電車の時間が」

うん。まあ、そうだねぇ。

「早すぎて……迷惑だった？」

せっかくの休日に悪かったかな？　って少し反省。

昨日、聞かれるままにいつも乗っている電車の時刻を伝えたけど。

もう少し遅くても、問題はなかったのにね。

「いや。迷惑とかじゃないけど。早出をするほど忙しいなら、昨日、里香さんを泊めた方が良かったのかな？　って」

「え？」

「里香さんの家からここまでの往復にかかる時間が、もったいないなと思ってさ。ここに来るために駅を通り抜けるし、そもそもここの方が駅に近いから、その分、体を休めることができたのに……」

そう言って孝さんは、トーストを大きく囓る。彼の思いやりは、嬉しいけど。

「ラッシュの電車が苦手で、早めに出社してるだけだから」

昨日と同じ服で出勤したら、目敏い田尻さんたちにまた何を言われることやら。

思い出してしまった最近のストレス原因を、少し冷めたコーヒーで流し込む。

「それに、仕事もその方がスムーズに片付くし」

早起きは三文の得って言うじゃない？

「確かに、そうか。残業は、なんか宿題忘れの居残りみたいな気分になったなぁ」

「孝さんは、夏休みの宿題を早めに片付けた方？」

「早過ぎず、遅すぎず。かな？　里香さんは？」

「始業式が、嫌にならない程度には」

　早く終わらせ過ぎると、二学期のスタートがアイドリング不足な感じだったと思う。だからといって、最後の一週間でやっつけるわけでもなかったかな？

　食べ終えた食器を下げる孝さんに断りを入れて、勝手口から自宅スペースへとお邪魔する。

　一階奥、お風呂の隣にある洗面所を借りて、歯磨きと簡単に口紅を直して。

　ちらりと二階へ上がる階段を目の隅に、お店へと戻る。

　モーニングサービス的な朝ご飯を食べて、一日の、活力が生まれた。

「そうだ、孝さん」

　戸口まで見送りに来た彼に、

「この前のＣＤ、孝さんは聞いた？」

　まだだったら貸そうか？　と聞くと、

「いや、自分の分も買ったし」

　意外なことを聞かれた、って顔をされた。

孝さんの部屋に、あのポスターが貼られているところを想像しようとして。

「何？　妙な顔をして」

「いや、あのポスターを貼っている孝さんが想像できない」

彼の部屋のどこに、どんな顔で……って、言ってる私自身もまだ、貰ったポスターは貼ってない。

今までの人生で部屋にポスターを貼るほど、はまり込んだ存在が無かった上に、かつて身近に居た後輩のとなると、なんだか気恥ずかしくって。

１ＤＫの部屋のどこにも貼るべき場所が見出せないまま、丸めてテレビの横にそっと、立て掛けてあったりする。

「貼ってないから。想像しないの」

だからあれは、里香さんへの特別サービス。

そう言った孝さんが、私の腕時計を指さす。

「時間、大丈夫？　ラッシュの電車、嫌いなんでしょ？」

おっと。そろそろ行かないと。

半日後のデートを約束して。私は、店を出た。

その日の夕食に、孝さんは豚肉の生姜焼きを用意してくれていた。

「外食するには、里香さんが疲れているみたいだったし。疲労回復には豚肉が良いって、聞いたことがあった気がしてさ」

と言われて、思わず頬を撫でる。

「私、もしかして……やつれてる？」

今朝のモーニングセットで元気はチャージしたつもりだったのに、まだ足りていないのかも。

「いや、見た目は別に。ただまあ、珍しい〝お願い〟だったからね。今朝のが」

「あー、うん。まあ……ね」

お願いの理由は、あまり言いたくないなぁ。

そんな会話の間に、生姜焼きの良い匂いがお台所から漂ってくる。

茶の間でちゃぶ台を拭いていた私のお腹が、その匂いに反応して、空腹を訴える。

「里香さん、できたよ」

お台所からの声に、晩御飯を迎えに行く。

淡青色の四角いお皿に盛り付けられた生姜焼きが、お盆で運ばれて行くのを見送って。孝さんと入れ替わるように立った調理台で、お味噌汁をよそう。

今夜の具は、舞茸と油揚げ。私は作らない組み合わせだなって、思ったはずなのに、なぜか口が勝手に味を思い浮かべる。

うん？　デジャビュ？

気になったお味噌汁をまず、食べてみて。

「やっぱり、あたり」

「何が？」

思わずこぼした呟きを拾われた。

「お味噌汁の味が、なんとなく予想通りだなって」

「味噌汁？」

怪訝な顔で、孝さんがお椀に口をつける。

「改めてって、味でもないと思うけど？」

出汁も味噌もいつものヤツだよ？　って言う彼に、お椀から舞茸をつまみ上げて見せる。

「舞茸って買わないから。普段」

「パック売りで持て余す？」

「そうなのよねぇ」

小さく笑った彼に頷き返したところで、思い出してしまった。

若かりし大学生時代。スーパーで出会った見慣れないキノコを買って、売り場のレシピ通りにお味噌汁を作った。

そして使い残した半パック分を、何を思ったか茶碗蒸しにしようとして。

失敗したのよねぇ。たぶん、舞茸のアクと卵の相性が良くなかったのだと思う。

茶碗蒸しは、固まらず。何とも言い難い代物が、出来上がった。

あれ以来、舞茸は、なんとなく避けてきた食材だった。

「そうか、あの時に味噌汁は作ったか」

そんな独り言に、

「あの時って？」

彼が興味を示す。

まあ、隠すような話でもないしって、昔の失敗談を話して聞かせる。

「茶碗蒸しは、作らないなぁ。俺は」

「孝さんでも、作らないモノってあるんだ？」

「玉子液を蒸すなら、プリン」

店を始めてすぐは、食事代わりに売れ残りを食べることも多かったし。と、彼からも自虐的な昔話が出てくる。

「だから、こうやって普通の食事を里香さんと食べてるのが、去年の俺からしたら、信じられない」

「うん」

去年の私も、ここで彼のご飯を食べるようになるなんて、思ってもみなかった。

ちょっとした感傷に浸っていると、ヒジキの煮物を取り分けながら、

「誰と何を食べるのか、って、大切なことだよ。やっぱり」

孝さんがしみじみと言う。その言葉に、独り寂しくプリンの夕食を食べている彼の姿を想像してしまって。

口に入っていた豚肉をギュッと噛みしめる。

「だからさ。里香さん」

いきなり呼ばれて、我に返る。

「今朝みたいに疲れているなら、いつでも俺の店を頼っておいで」

『俺で良かったら、いつでもお相伴するよ』と言われて、彼の心遣いが染みてくる。

「うん。ありがとう」

「明日も、朝ごはんを食べて行く?」

ひそめた声に、誘惑されるけど、

「明日は……大丈夫」

「そう?」

「あと一日で、今週も終わりだし」

今夜のご飯をエネルギー源にして、あと一日くらい、乗り切ってやるわ。


その後は、他愛の無い世間話なんかを交わしながら、食事を終えて。

『洗い物は、後でするから』って言った孝さんに、家まで送ってもらう。

「そういえば。来月の下旬に土・日と、店を休みにしようと思っててさ」

駅前の大通りに出たところで、思い出したように孝さんが言った。

「用事？」

「まあね」

おいでおいでと、手招きされた先。電柱に括り付けられたポスターを、彼が指差す。

「フリーマーケット？」

「そう。うちの店から二筋東の通りに、お寺があるのは知ってる？」

「うん？　あったっけ？」

そっちはめったに通らないからなぁ。

「とりあえずまあ……お寺があるわけ」

「うん」

あの辺りにお寺。と、脳内地図に書き加える。

「そこの境内でフリーマーケットをするらしくって、うちの店とスミレベーカリーさんとで軽食スペースを提供することになったから。店の方はその日と、準備のために前日を、休みにしようかと」

「そっか。物理的に、ムリだよね。二カ所の同時営業は」

「手伝ってくれるような人も、いないしね」

こういうとき、一人店主は厳しい。

「孝さんも、フリマの準備とかで疲れたら言ってね」

駅前の横断歩道を渡りながら言ってみる。

「うん？」

「私で良かったら、お相伴するから」

さっきのお返し。

「一人の晩御飯が寂しいときには、いつでも呼んで？」

「ありがとう。里香さん」

嬉しそうに細められたアーモンド型の眼を、駅の灯りがはっきりと照らし出す。

「じゃあ、その時には、腕によりをかけて美味しいモノを……」

って、力こぶを作るように曲げた二の腕を、左手で擦っている彼だけど。

「孝さん、それは逆っ」

その場合、美味しいモノを作るのは、私の仕事じゃないかな？

「いや。逆じゃないよ。大丈夫」

「何が？」

「俺の作った料理を、美味しそうに食べてくれる里香さんが、一番の癒しだよ」

「そんなもの？　かなぁ？」

「里香さんってね、作り手冥利につきる、〝食べる人〟だよ」

「……」

そんなに食い意地は、張ってないはず。友人たちの言う〝趣味の悪い食事〟も、披露してないつもりなんだけどなぁ。

複雑な心境で、駅の構内を通り抜ける。

「本当に美味しいって思ってくれているのが、伝わってきてさ」

特にホットコーヒーの一口めを飲んだ時の表情が……って、低い声がうっとりと語るのを聞いていたら、顔から火が出そうになって。

俯くようにして、家に近い方の出口から夜道に足を踏み出す。

コーヒーを一口飲んだ時。私は、いったいどんな顔をしているのだろう。

このあと、朝限定でコーヒーのテイクアウトと、モーニングサービスを彼が始めたのは、数ヶ月後のこと。

この日初めて店で食べた朝食と、十月最後の日曜日に行われたフリーマーケットでの経験を活かして……ってことらしい。

そして、私も週に二回程度、朝のメールチェックのお供にコーヒーを持って出勤するようになる。


年明けに一度、織音籠のライブへと二人で出かけて、初めてＹＵＫＩの歌声を聞いた。

彼の歌うレクイエムは、聞くだけで自然と頭を下げてしまうような祈りの曲で。

秋に出たバラード集も、カバーアルバムだったにも関わらず、好調な売れ行きらしいし。

『織音籠は、この方向でブレイクするのかな』なんて思いながら、メロディーに身を委ねる。

〈明日の朝が来る保証は、誰にも、どこにもありません。もし、先延ばしにしている

ことが何かあるなら。ためらわずに行動してください。後悔だけはしないで〉

昔と違って標準語を話す後輩の言葉に、隣に立つ人を盗み見る。

この言葉で彼は、未来を決めた。

そして『決意を確かめるために』と、毎年一月には一度だけでもライブへ足を運んでいると、言っていた。

お店を始めた去年も、それから今年も。ライブの日が定休日にあたって、ラッキーだったと本人は言っていたけど。


彼の〝道〟に、後悔の入り込む隙間がないように。

彼を〝呼んだ〟天の声が、ささやかな力を振るったような気がした。


翌月には、バレンタインデーなどというものが、やってくる。

当日が水曜日。

モーニングコーヒーを買いに来る時に渡すか、翌日のデートの時に渡すか。

渡し方一つにも悩むうえに、彼の仕事が仕事だけに、どんな物を用意するかでも、悩む。

悩みに悩んで。直前の週末は三連休。

土曜日の午前中、ターミナル駅に近いデパートの特設会場でストライクゾーン真ん中のチョコを買い求める。ついでに仕事がらみの義理チョコも準備して。

買い物を置きに一度家へと帰ってから、孝さんのお店へと向かう。

お昼時を少し過ぎた店内には、部活帰りらしき女子高生のグループが入口近くのテーブルに、そしてお隣の薬屋さんのおじいさんがカウンターの一番奥に、それぞれ座っていた。

私も、いつもの流れで注文まで済ませて。お冷やのグラスを手に取る。

お、今日のコースターは新作だ。

女子高生たちは、どうやらこの後、バレンタインチョコを買いに行くらしく、雑誌を眺めながら相談をしている。

こういうことに、歳は関係ないよね。高校生も、お局も。

微笑ましく眺めながら、シャトルを操って、タティングを始める。

モチーフはそのまま、色を変えて編んだ栞はこれで四枚目。だいぶん形も整ってきたように思う。

あと少しで、編み上がるから、間に合えば……チョコに添えて、もいいかな。

「おにーさん」

私のテーブルにコーヒーを置いた孝さんを、高校生が呼び止める。

「このページの中だったら、どれがいいと思う？」

壁際に座った子が、覗き込むようにして尋ねる。

「どれと、言われてましても……」

「参考、参考」

深く考えない、と、隣の子が茶化す。

「男子学生の好みとは、恐らく離れますよ？」

「大丈夫」

「貰うとしたら……ウイスキーボンボンですかね」

おー。今日の買い物は、大当たり。

「ずっるー。そんなの、未成年には無理！」

「ですから、男子学生の好みではありません、と」

言ったね。確かに。

聞こえてくるやりとりに、秘かに笑っていると、彼は。

「貰えるだけで、男子はうれしいものですよ」

なんて言いながら、カウンターに戻る。

薬屋さんとぽつりぽつり言葉をかわしながら、孝さんが針仕事を始める。

最近は座布団カバーのような物を作っているらしい。

いずれは、店内の椅子に座布団が敷かれる日が来るのかもしれない。

「ちょっと、見て。おにーさんが」

「えー」

高校生の声のトーンが上がって。私の方に背中を向けていた子が、そっと立ち上がる。

足音を忍ばせてカウンターへと近づくと、伸び上がるようにして覗き込む。

「どうかされましたか？」

気配に気づいた孝さんが顔を上げると、彼女は慌てたような声で、

「あ、あの。おトイレ……」

と、尋ねた。

そのやりとりに、テーブルから忍び笑いが洩れる。

奥の御手洗から戻ってきた女の子を、周りの子が小突く。

「なんか……刺繍？　してた」

「えーっ」

なるほど。さっきのは、偵察か。でも、悲鳴を上げるほど驚かなくても……。

「トイレのペーパーホルダー？　のカバーが、こんな刺繍だった」

　さっき御手洗へ行った子が、コースターをつまみ上げて、友人達に示したのが、こちらからも見えた。

「えぇー。まさかの手作り？」

「これって、おばさんたちが暇つぶしにするヤツだよね？」

「刺繍なんてできる？」

「私は無理。家庭科で習ったことないし」

「うちは、ママでも無理っ」

「できるかどうかってより、男の人は、しないって。普通」

「おにーさんじゃなくて、実は〝オネエさん〟？」

「やだー」

　甲高い彼女たちの声に苛立ちを覚えて、眉間にしわがよる。

『うるさい』と一言、怒鳴ればいいのだろうか。

『〝約束〟も読めないわけ？』と、嫌味でも言ってやろうか。

「最近、年のせいか、高い声が頭に響くんだよ」

　おかわりを注文したおじいさんが、困ったような声で言う。

「マスター、いい薬ない？」

「それは、ご隠居の専門でしょう？」

笑いながらヤカンに水を汲む孝さんに、『私もお代わりを』と声を上げる。

頷く彼は、いつもと同じ穏やかな笑顔を見せる。

そして、そのままの笑顔で。

「申し訳ありませんが、もう少しだけ声のトーンを下げて下さいね」

カウンター越しに高校生たちへと、声をかける。

騒ぎ過ぎたことに、やっと気付いた彼女たちのしゃべり声が、小さくなった。

波風立たない注意へと雰囲気を作ったおじいさんに、心の中で拍手を送って。

お湯呑みに残ったコーヒーを、飲み干した。

「でもさ、贔屓だと思わない？」

一度は静かになったテーブルから、再び興奮したような声が上がる。

今度は多分。学校の先生への不満だな。

「そりゃ、私たちも騒ぎ過ぎたかもしれないけど。あっちのおばさんのさ、『お代わりー』も、結構大きな声だったじゃない」

おっと。もしかして、これは……私か。

「おにーさんに、アピールでもしたかったんじゃないのぉ？」

「えー。でもさ、相手は〝オネエさん〟かもよ？　だって、さっきの……」

嫌な感じのクスクス笑い。

「〝オネエさん〟にも、いろいろあるみたいよ？　恋愛対象が」

「色々って？」

「〝オネエさん〟なのを隠すためだけに、彼女を作るとか？」

「きゃー」

　自分たちの言葉に興奮したらしく、〝女性的な男性〟を揶揄するような言葉が飛び交う。

　注意されたことに対する意趣返しのつもりだろうか。

　彼女たちは、私をバカにしているように見せかけて、孝さんを貶めていた。

　そんな中で、タイミングが良いのか、悪いのか。

　コーヒーができてしまったようだった。

「お嬢さん、こちらへ来られませんか？」

　お盆を片手に孝さんがカウンターを抜けようとしたところで、おじいさんが振り返って私の方へと向いた。

「私、ですか？　お嬢さんという歳では……」

「レディーが一人でいるのは、良くありませんよ」

　更に恥ずかしい言葉を重ねられた。

　助けを求めて、視線が孝さんへと向かう。

空いた手が伸べられて、カウンター席を指す。

「じゃあ、お言葉に甘えて」

荷物をまとめて移動する間に、私の分のお代わりがカウンターにセットされた。

『レディーが……』なんて発言をしたおじいさんは、若い頃にヨーロッパの方へ留学の経験があるらしい。

穏やかに語られるヨーロッパの思い出を聞かせて貰って。

背後からの、下世話な会話を意識から締め出す。

カウンター内に腰掛けた孝さんも、その間は刺繍に手を伸ばすことはなかった。


その夜。夕食の水炊きをつつきながら、孝さんに謝られた。

「孝さんが謝ること？」

「店の雰囲気を変えられなかった。ごめん。気分、悪かっただろ？」

疲れたようなため息を漏らして、白菜をポン酢に浸す。

「気分が悪かったのは、孝さんの方じゃない？　大丈夫？」

「うん。ある意味、慣れてるし。会社勤めの間に、流すことくらい覚えたよ」

確かに。仕事の上で出会ってしまう嫌な話題を、聞かなかったふりで流すことなんて、日常茶飯事だ。

そういう意味で、私は彼の仲間だ。

でも、一つひっかかったのは。

「慣れてるって？」

頷く彼の、次の言葉を待って。豆腐に箸を入れた。

「俺、中学校時代の仇名が〝主婦〟だった」

「主婦？」

「うん。小学校の家庭科にドはまりしてさ」

暇つぶしに手芸をするような子、だったらしい。

「休みの日には自分でお菓子を作るようになって」

それを知ったお祖母さんが面白がって、『一人でできる子供の料理』みたいな本を彼に買い与えた。

お菓子バージョンを孝さん、料理バージョンは弟さんと、二冊の本を兄弟で仲良く分け合ったらしい。

長じて彼は、この仕事を始めた訳だけど。

『材料を買いに行った先で同級生の女子と鉢合わせとか、付き合っていた彼女に呆れられて……なんて経験もあった』と、肩をすくめてみせる。

「〝おしゃべり云々〟って、約束事の意味が、よーく分かったわ」

「この事態は、想定してなかったけど」

「そう？　じゃあ、何を考えていたの？」

「店でのおしゃべりで、例えば仕事の愚痴をこぼしたとしてさ」

「あー、うん」

やるね。私も時々。千賀子たちと。

「隣の席に、仕事相手のことを知っている人がいたら？」

「うーん」

「変に『知り合いのことだ』と思い込む人が、後ろに座っていたら？」

そのパターンは……最悪かも？

「だったら、聞こえない程度の声で話せば？　って、考えたわけ」

そう締めくくって。彼は、柔らかく煮えた人参を、鍋から引き上げた。

8．一人で、いろいろ担っています

バレンタイン当日の朝、モーニングコーヒーと引き換えるようにチョコを渡して。ホワイトデー当日の朝、モーニングコーヒーと一緒にチョコブラウニーを貰った。今年は三月上旬から年度末恒例の繁忙期が始まっていたので、個包装されたブラウニーは、ありがたく〝残業の友〟になった。

桜の盛りも過ぎた木曜日の今夜も、残業を終えて。

会社を出た所で彼の家へと電話をかける。

『お疲れ。終わった？』

「うん。ごめんね、遅くなって」

『駅まで行くから、気をつけて帰ってきなよ』

そんな会話をしながら、夜道を歩く。

デートのための貴重な夜の時間を、残業が削っていく。水曜日の定期コールで『ごめんね、明日は無理みたい』と謝ることが二週続いた時、彼から『じゃあ、明日は仕事が終わったら電話して』と言われて。

それ以来、水曜日の夜には彼から。木曜日の夜には私からの電話が、新しい〝約束事〟になった。

ラッシュほどではないものの、そこそこ混んだ電車に揺られて、最寄り駅の改札を抜ける。

同じような会社帰りらしき人の流れの向こう、ジュースの自動販売機に寄り添うように立つ男性の姿に、肩に乗った疲れが少しだけ剥がれ落ちた気がした。

「おかえり。里香さん」

「ただいま」

キャンバス地のエコバッグを肩に下げた孝さんと並んで、駅を出る。

家まで送ってきてくれた彼を、部屋に通して。ヤカンでお湯を沸かす。

「カボチャの煮物と」

エコバッグから、プラスチックの保存容器が出てくる。

「あと……昼間、隣から貰ったから」

そんな言葉と一緒にカレイの一夜干しも。

「猫の薬屋から？」

「いや、逆側。坂本（さかもと）さんから」

ああ、夏にはホオズキの鉢が玄関に並ぶ家だ。

奥さんの親戚の法事があって、田舎へ行ってきたお土産だとか。

「彼女とどうぞー、だって」

「あー」

常連を通り越した付き合いだと、彼の周囲にばれているのは、勝手口を出入りしているところを、何度か目撃されているから、らしい。

ちなみに。猫の薬屋のご隠居さんは、『レディー云々』の会話の時点で、すでに知っていたとか。

今夜のメニューは、朝のうちにタイマーを仕掛けて置いたご飯と、インスタントのお味噌汁。それから、孝さんが、持ってきてくれたおかずたち。

干物を焼いている間に彼は、部屋の隅に重ねてある座布団を、テーブルの所へ運んでいる。その気配を背中で感じながら、小さく『おざぶの歌』を口ずさむ。

『音痴だから歌わない』なんて言っていた孝さんもきっと、心の中では歌っているはず。

狭いテーブルにお皿を並べる。差し向かいで座って、手を合わせる。

最近の木曜デートは、彼の作ってくれるお惣菜を二人で食べるささやかな夕食。

「産地直送、って味だね」

お魚の身をほぐしながら、孝さんが嬉しそうに言う。

「うん。おいしい」

タイマーのついた炊飯器さまさま。炊き立て……には少し時間は経っているけど、それでも何時間も保温したご飯とか、温めなおしの冷ご飯とは味が違うから。

おいしいお魚が、一段と幸せに感じる。

インスタントのお味噌汁だけが、残念だけど。

箸を動かしながら、あれやこれやと話をしていて。

「まだまだ忙しいのは続きそう？」

と尋ねられる。

「うーん。いつもだったら、ゴールデンウィークには、片が付くのだけど。今年は、難しいかなぁ」

春の人事異動で同期の男性が一人、転勤になって。私が後を引き継ぐ形で係長補佐、なんてものになってしまった。

それに伴うように、取引先の担当も見直されて。私が抱える仕事のうち、デスクワークが占める割合が大きくなった。

仕事内容の引継ぎは終わったものの、ペース配分がまだ自分の中で定まらないから。

実際よりも、仕事量が増えたような……感じがする。

「里香さんの会社は、女性の役付きもいるんだ？」

「少ないけどね。一応、私も総合職だし」

私自身が入社した時点では、一般職も総合職もない会社だったけど、新卒の総合職採用を始めるに当たって、社内での募集があった。

折しも学生時代からの彼氏と別れたばかりだった私は、『この先、仕事に生きてやる』と、試験を受け……今にいたる。

「そうか。総合職か」

小さな声でつぶやいた彼は、何かを考えるような顔になって、左手で、耳たぶを捻るように弄ぶ。

わざわざ自分から言うことでもないと、今まで孝さんには言っていなかったな。そういえば。

『また、あさって』

そんな言葉を残して帰っていく孝さんを見送って。二人分の後片付けをする。

お茶碗を洗いながら、『総合職か』とつぶやいた彼の顔が脳裏に浮かぶ。

今回の辞令が出てから、私の心の中には砂時計がある。

数年のうちに出るだろう次の辞令が、転勤だったら……。

遠距離恋愛になるのか、前の彼氏のように別れることになるのか。

そう考えると。

二人で一緒に過ごせる時間は、あとどのくらい残っているのだろうか。

せめて、砂時計の砂が落ちきるまでの時間は、無駄にしたくない。

そんな思いを抱えながら、何とか新しい仕事のリズムを作り上げようともがくうちに、連休が来る。


今年の連休もカレンダーの並びの良い九連休で。

水曜日を臨時休業にした孝さんと、一泊二日で初めての旅行に行った。

行先は、学生時代のサークルで毎年お世話になっていた西隣の県にあるペンション。のんびりと散策をしたり、貸しラケットでテニスをしたりして過ごす。

「孝さん、テニス上手よね」

意外と、という余計な一言は口に出さない。

「一応、高校はテニス部だったし」

さすがにラケットは処分したと言いながらリズムよく、〝羽根突き〟ならぬ〝ボール突き〟をしている。

「インドア派、なわけじゃなかったんだ」

「うーん。別にインドア、ではないかな。姉とか妹がいれば違ったかもしれないけど、いるのは弟だし」

「ああ、なるほど」

確かに。私もキャッチボールの相手、なんてものをさせられた覚えはある。

逆に、ままごともさせたけど。

「それに、家庭科は好きだけど。インドアな趣味っていうか、芸術系教科は壊滅だよ?」

「そうなの?」

「絵は描けないし」

「ふーん」

「音楽は……」

「あぁ、かわいそうな子だ」

「そう。高校の芸術教科は、苦渋の選択をした結果の書道」

「あー」

手書きメニューの、微妙な文字を思い出す。

「里香さんは……美術選択?」

「あたり。って、よくわかったわね?」

「付き合い始めた頃に、店で招き猫のスケッチをしてたことが、あったから」

「そんなことも、したわね。暇つぶしに」

あれは……一年ほど前、か。

二人の時間を計る砂時計はすでに。

一年分の砂が、落ちてしまっていた。


連休明けの月曜日。

朝一番に、書類棚の前で田尻さんが叫ぶ。

「どうしてこんなところに、伝票の束なんかがあるわけ⁉」

担当していた三年目の男性社員が課長に呼ばれて。経理への出し忘れ、なんてミスが発覚した。

それも、十日締めの大口伝票で。

連休前のチェックを怠った、私のミスでもあった。

経理の課長のところへ持って行って。平謝りに謝る。

課長に呼ばれて伝票を渡された人の、眉が吊り上がるのを見て、再度頭を下げる。

一年先輩になるその人に、

「ま、お互いさま、ですし。こういうことは」

そう言ってもらって。

二度目はやらない、と。心に誓う。

自分の仕事と、周りの仕事と。

責任がかかる、ということの重みを改めて思い知った。


入れたてのコーヒーが注がれたお湯呑みを、口元へと運ぶ。

いつもと変わらぬ香りを、湯気と一緒に吸い込む。

一口飲んで。ため息をつく。

「お疲れですか？」

土曜日のお店は、そこそこのお客の入りで。

なんとなく、彼に近いところ、に居たかった私は、カウンターに座っていた。

カウンターを挟んだだけの距離に、ため息を拾われて。マスターとしては珍しい言葉をかけられた。

「少し、仕事でミスって。自己嫌悪、です」

もうひとつ、ため息。

今週の定休日は孝さんの都合が悪くって。

水曜日に一度、モーニングコーヒーは買いにきていたものの、デートは一週間ぶりだった。

つまり……ミスの発覚からも一週間。

この一週間。ミスを重ねるまいと意識して周りの状況に気を配ってきた。

でも、配っているつもりの気が逆に、注意を薄めてしまっていて、つまらないミスを呼ぶ。

悪循環としか言いようのない状態が続いていた。

この週末で、気持ちを切り替えて。

週明けには、新たな気持ちで仕事に向かいたい。

そう思う端から、弱気の虫が顔を出す。

私には、無理な仕事なのかもしれない。

そんな弱音を、問われるままに吐き出したのは、お客の切れ目で。孝さんは、〝マスター〟から〝彼氏〟に切り替わっている時だった。

「それでも里香さんは、仕事が好きでしょ？」

隣の席に座った彼は、自分で入れたコーヒーを片手に尋ねる。

「うーん。なんか、分らなくなってきた感じ」

「そう?」

「孝さんみたいに、この仕事に〝呼ばれた〟実感は、ないし」

天職って、誰にでもあるのだろうか。

『とりあえず、呼ばれるまで頑張るのも、一つの方法だよ』なんて、慰めを貰って。

自分に活力を注入するつもりで、夕食の買い物に出る。

活力=カツだな。

こじつけに近い理屈をつけて、今夜は豚カツに決めた。

お店の二階、孝さんの自宅で夕食の支度を整える。

カツは揚げたての方がおいしいから、衣をつけた状態で冷蔵庫へ。つけ合わせのキャベツも刻んで冷やしてあるし、ナメコとお豆腐でお味噌汁も作った。

ご飯の炊き上がりを待つ間、ぼんやりと考えごとをしていると、思考はこの一週間の反省へと立ち返る。

田尻さんとエレベーターで一緒になったあの時が、確認のチャンスだった、とか。

『電話を入れた方が……』と思ったあの時、後回しにしなければよかった、とか。

炊き上がりを知らせる炊飯器のアラームで、我に返る。

壁の時計は、既に閉店時刻を過ぎたことを伝えていた。

カツを揚げ始めるタイミングを教えて貰おうと、階下へ下りて。バックヤードを兼ねた厨房とカウンターを仕切る藍色の暖簾の端から、そっと店内を窺う。

閉店は……している。入口の暖簾が中に仕舞われているのが、その証拠。

少し首を伸ばして、顔を出す。

孝さんは、一日を過ごした店内を、丁寧に拭き清めていた。

働く手に合わせて、低い声の歌が聞こえる。歌わない、なんて言っていたのに。

何の歌だろうと、息を潜めるようにして耳を澄ませる。

歌詞にデジャビュを感じて。

脳内で歌詞をトレースした結果。出てきたのは、織音籠の初期の曲だった。

うーん。確かに、〝かわいそう〟な音程だ。

でも。

なぜだか……聞いていると、胸が苦しくなる。

夢を追いかける恋人を見送る、失恋の歌だからだろうか？

「うわ、聞かれた」

体を起こした彼と目があって。歌が止まる。

「聞いちゃった。ごめんね」

「いや、もうそんな時間？」

「あー、あとどのくらいかかるかな？　って」

やり残しをチェックするように、孝さんの視線が店内を巡る。

さっきまでの、脳内反省会を思い出す。

これが、責任なんだな、と。


二日間、彼の近くで過ごした休息時間を支えにして、新しい週を迎える。

やり残しはないか、見落としはないか。

周りの状況と、自分自身が抱えた仕事を俯瞰で眺める視点を、定期的に持つように心掛ける。

梅雨に入ろうとする頃には、なんとかやって行けそうな……気がするようになった。

事故的に聞いてしまったあの夜以来、孝さんの歌を聞くことはなかったけど。

ほんの時々。カウンター内で針仕事をしている彼が手を止めて、ぼんやりと店内を眺めている姿を目にした。

そうして、今年も夏がくる。

お盆休みの計画なんてものが、仕事の合間の無駄話に聞こえてくる頃の土曜日。

おやつ時のお店に、ＪＩＮが来ていた。

彼のお店でＪＩＮを見たのは、今までにも二回ほど、ある。

一番奥の席で、壁の一部のような顔で静かに本を読んでいたり、書き物をしていたり。そして、帰り際、軽く孝さんと会話をかわす。それが、いつもの約束事のような人だった。

歩くだけで溶けそうな暑さだったその日。

お昼前から行っていた美容院を出た私は、そのままの足でお店へと立ち寄った。

いつもどおり、奥のテーブルにＪＩＮが座っていて。一番手前のテーブルには、高校生と覚しき女の子が二人、座っていた。

いつもの席を示す彼に、頷きかけた時。

「だから、勇気出して、行っちゃいなって。好きなんでしょ？」

女の子の、高い声が響いた。

とっさに、孝さんと目を見交わす。

これは、ＪＩＮの近くに座ると、煩わしそう。

「今日は、カウンターで」

「ああ、はい」

奥のテーブルから、少し距離をとって、カウンター席の真ん中に腰を下ろす。

他のお店なら、この暑さだ。アイスコーヒーを頼むけど。
ここのコーヒーはホットが、私にとってストライクど真ん中で。
〝職人〟な彼も、『ゆっくりと一口めを飲んでくれる時の、里香さんの表情が好きだ』
と、言ってくれるから。
真夏でも私は、ホットを頼む。
孝さんが豆を挽き始めたところで、女の子が立ち上がったのが見えた。
お、行くんだ。
背後の気配を野次馬根性で窺っていると。
「おにーさん」
私のすぐ横で声がした。
え？　こっち？
「申し訳ありませんが。少々、お待ちを」
手は動かしながら、彼が話を遮る。
『約束事』のラストだね。確か。『他のことには、応じられません』だったかな。
タティングレースのシャトルを操りながら、こっそりと女の子の様子に目をやる。
『手が覚えたら、見なくても編める』と、入門書に書いてあったのは、本当だった。
目数のカウントだけを忘れないようにしていたら、辺りの様子を眺めるくらいのことは、できるようになった。

今も、緊張の面持ちで佇む女の子と、コーヒー用のヤカンからお湯を注いでいる孝さんを交互に眺めて。

女の子の視線がこっちを向く気配に、編み目へと目を落とす。

見てませんよー。私は。次は、飾り編みが少し面倒でねー。

そんな顔を作りながら、内心ではやっぱり……面白くない。

後ろ、見てごらんよ。ＪＩＮがいるんだよ？　あの。

最近の織音籠、売れてきているんだから、知っているよね？

『彼女の気が変わるように』と念を送っていると、手元にコーヒーがやってきた。

顔を上げると、安心させるように微笑む孝さんが、軽く体を屈めて。

「どうぞ、ごゆっくり」

と、いつものマスターとしての距離より近いところから、言葉を落としていった。

「お待たせしました」

カウンター内へと戻ってから、改めて女の子へ声をかける孝さん。

女の子は、

「あの、これ。ウイスキーボンボンなんです。お好き、ですよね？」

と言って、握っていた小さな紙袋を彼に差し出した。

「ええっと？」

「バレンタインの頃に言っていたじゃないですか！」

「あぁ。あの時の……」

騒いでいた女子高生の一人か。

「おにーさんのことが、好き、なんです」

やっぱり、そういう流れになるよね？

「お気持ちは、嬉しいですが……」

孝さんの答えに、もう一人の女の子が、

「バレンタインの前から、この子。ずっと悩んで。今日は、頑張って来たんです」

助太刀をする。

大人げなく『だから、どうした』と、口を挟みたくなる衝動を、編み目を見つめて、流す努力をする。

深呼吸をして、心をなだめる。

コーヒーを一口、飲み込む。

「これは受け取れません。お気持ちだけで」

差し出された紙袋を押し戻すように、孝さんが言葉を重ねる。

「どうしてもダメ、ですか？」

「『お兄さん』と、呼んでいただいてますが、あなたの親でもおかしくない歳ですよ？」

「まさか、おじさんなの？　おにーさんじゃなくって？」

「そう思っていただいても、いいかと」

この場に居る誰よりも年上ですよ、と付け加えた孝さんに、

「でも、お客の歳なんて、分かるはずないし」

すかさず友達の方が言い返して。

「分かりますよ。大人になれば」

孝さんの少々無茶な反論に、『二、三歳の差なんて、大人でも分かるわけがないのに』って思いながら、コーヒーに口をつけたところで、

「そうやって、大人はすぐに子供扱いするし」

高校生が、不満を零す。

「おにーさんだったら、そんなことは言わないって、思ったのに」

いや、そもそも大人だとか子供だとかって以前の問題として。仲間と一緒に彼を傷つけた、冬のあの日のことは、既に忘れた過去のことなのだろうか。

だからといって、許されることではないけど。

「他のお客様の迷惑を考えられないうちは、子どもです」

孝さんは、相手が子どもであることを強調することで、越えようのない年齢の壁を盾にして。

「だからぁ、子どもじゃないし」

「少なくとも、『約束事』の守れない子どもと恋愛をする趣味は、ありませんので」

そんな言葉で、押し問答を断ち切る。

「〝子ども〟に、ウイスキーボンボンを食べさせる気、ですか？」

しばらく考えていた女の子が、反撃に出てきた。うわ、そうきたか。

「……」

「大人の、おにーさんが食べて下さい」

友人がまた言い添える。

「そうですね……」

のろのろと、孝さんがチョコを受け取る。

女の子たちが、歓声をあげる。

「これは、なかったことにしましょう」

そう言って、孝さんの視線が私と。その後ろにいるはずのＪＩＮへと、向かった。

『証拠隠滅を手伝っていただく、お礼です』の言葉と一緒に、お代わりがそれぞれに配られる。飲みかけだった私のコーヒーも、新しいものと取り替えられた。

そして、小皿に一つずつ。ウイスキーボンボンが添えられた。

「一つくらいなら、未成年でも許されるでしょう」

そう言って、彼女たちにも一個ずつ。

店内には冷房が効いているとはいえ、夏の暑さにチョコレートは柔らかくなりかけていた。

指先を汚しながら、銀紙を剥がす。

歯ごたえというには頼りない感触とともに、口の中に洋酒の味が広がる。

彼女は年齢的にも行動的にも、彼の恋愛対象ではなかったけど。

この先にもまた、今日みたいなことが、あるかもしれない。

私が知らなかっただけで、今までにもあったかもしれない。

どろりとした想いと一緒に甘ったるい液体を飲み下す。

心の中で砂時計が、落ちる砂の量を増やしたような気がした。

指先をおしぼりで拭う。

チョコレート色の汚れを目の隅にいれながら、熱いコーヒーをゆっくりと飲む。

女の子たちは、黙って。証拠隠滅の手伝いをしていた。

会計を終えた彼女たちが店を出るのを見送った孝さんが、深いため息をついた。

「疲れた……」

視線を流すように私を見た彼が、言葉通り疲れ果てた顔で微笑む。

後ろで椅子を引く音がして、ＪＩＮの立ち上がる気配がした。

「もてるねぇ。お兄さん」

茶化すようなＪＩＮの言葉の気安さに、驚いて振り返る。

『呼び合う二つの魂は、時空の壁さえ乗り越えて』と、どこかで聞いたことがあるような歌を口ずさみながら近づいてきた彼は、右手に持っていた湯呑みをカウンターに置いて。

チョコレートが乗ったままの小皿を、孝さんへと差し出すと、

「二十歳ほどの年齢差なんて、恋する少女には壁ですらないのかな？」

首を傾げてみせた。

「バカなことを、言ってるんじゃない」

右手で小皿を受け取った孝さんは、空いた左手をＪＩＮの頭上に伸ばす。

その手をＪＩＮが受け止めるように掴んで。小学生のような、力くらべが始まる。

なんだ？　この二人……。

呆然と眺めていると、

「痛いっ。ギヴ！　ギヴ！」

ＪＩＮが、低い声で悲鳴を上げた。手が捻られるように持ち上げられている。

痛そうに顔をしかめているけど。〝give〟と英単語で浮かぶほど、発音が無駄に良すぎて、真剣みが感じられない。

「お兄さまに逆らうのは、まだ早い」

ふん、と孝さんが威張ってみせて、手を離す。

は？　なんですって？

「お兄さま？」

聞き返した私に、ＪＩＮが、

「弟の仁(ひとし)です。Call me 〝JIN〟、よろしく。里香さん」

と、頭を下げて。

隣の椅子へと、腰を下ろした。

9. すぐには応じられないことも

「弟って……うちのと同い年で、猫好きの？」

半信半疑で尋ねた私に、頷く孝さん。そんな彼と自分自身を交互に指さしながら、

「似てない？　子どものころから、声も顔もよく似ているって言われてたけど？」

隣の席でＪＩＮが首を傾げる。

孝さんが織音籠に影響されて、雰囲気が似ているのかと、思ったこともあったけど。こうして並んでいると、二人は目元が特に、よく似ていた。

なるほど。〝ＪＩＮ〟が、〝お兄さん〟に似ているんだ。それに。

「声の質は、確かに似ているかな？　歌うと、別物だけど」

「里香さん、それはひどくない？」

苦い顔した孝さんを見て、

「あ、聞いたんだ？　兄さんの、斬新アレンジ」

そう言って、ＪＩＮは声を立てずに喉の奥で笑った。

あぁ。兄弟とはいっても、笑い方は違う。

私は、陽気に声を立てる孝さんの笑い声の方が好きだ。

「それは、そうとして。里香さんは、やっぱり驚かないんだ」

カウンター内で腰を下ろした孝さんが、ＪＩＮから受け取った小皿のチョコレートを口に放り込みながら、嬉しそうな声で言った。

「やっぱり？」

「店でコイツを見ても、上手にスルーしてくれたし」

「……そんなことに、上手下手って、ある？」

「『ＪＩＮだと気づいてもらえてないかも』と、自信をなくすヤツがいる程度には、上手だったよ」

当のＪＩＮは、目を逸らすようにして、紅茶用の白い湯呑みに口をつけた。

「ライブに行くほどのファンなのにね」

そう言って、自分用の湯呑みを両手で包んだ孝さんの目に、驚かなかった訳を尋ねられた気がした。

「芸能人にだって、家族や友達がいるわけだから。孝さんの弟がＪＩＮでも、おかしなことじゃないと思うけど？」

「でも、こんな近くにって、距離感に戸惑ったりとかしない？」

「あー、それはね……」

どうしようか。言ってしまおうか。

「私も、ＹＵＫＩの先輩だし」

「え？　本当に？」

「野島くんとは、大学が一緒で、サークルの後輩」

敢えてＹＵＫＩの本名を言った私に、アーモンド型の目を丸くして驚く二人は、確かに血の繋がりを感じさせる。

「それこそ、こんなところに……」

低い声でＪＩＮが唸る。そうか、これが〝距離感〟か。

「ついでに、野島くんの奥さんも後輩」

「悦子さん？」

「そう。卒業からあの子にも会っていないけど、元気かな？」

そんな話をＪＩＮとしていて思い出した。さっきＪＩＮが口ずさんでいたあの歌。確かインディーズ時代の曲だ。学祭のステージで、聴いた気がする。


その日、ＪＩＮは水色の封筒を孝さんに渡して、帰って行った。

中身は、近々行われるライブのチケットが二枚。

「どう？　行けそう？」

と、手渡されて。

「……木曜日だ」

何が、『運良く、定休日にライブが……』なんだか。きっとＪＩＮが、お兄さんの都合にあわせたに違いない。

そういえば。

「去年の、誕生日プレゼントに貰ったサイン……」

「うん？」

「あれって、前もって用意した？」

「……ばれた？」

付き合いだして早々に頼んでいた、らしい。『次のアルバムに、サインを入れてほしい』って。

「ポスターは、アイツらからのプレゼント」

「あー、そうだったの？」

「予約特典は、また別のバージョンだったらしいよ」

「ふーん」

「だから、俺の部屋になんか、貼らないの」

そもそも、弟のポスターを貼って、何が嬉しい。

そう言いながら彼は、洗い物を始めた。

八月の始めに、ＪＩＮから直接貰ったあのチケットのライブがあって。

仕事のあとで待ち合わせて、見に行った。

「最後のアレは、嫌がらせか」

帰り道、電車を待ちながら、孝さんがぼやく。

今夜のアンコールは、春に孝さんが口ずさんでいたあの曲だった。

「いや、ＪＩＮは知らないでしょ？　私が聞いたのがどれかなんて」

「それは、そうだけど……」

まあ。確率としては、低いよね？　ピンポイントで、演奏されるのは。

「未来の夢に呼ばれた、な」

あの歌の一節だ、ね。

「どうかした？」

「いや、別に」

なんでもないと、彼が微笑んだとき。電車がホームへと滑り込んできた。

そして迎えた今年のお盆休は、例年の一週間に土日がくっつくベストパターンの十連休。

そのほぼ真ん中あたり。水曜日からの三日間が、孝さんのお店のお盆休みで。

重なった休日の三日間を、彼の家で過ごす。

「確か、里香さんって、前は県外に住んでいたんだよね？」

そう尋ねられたのは、二日目の夜だった。

「あー、うん。二十代の頃ね」

「だったら、いつかはまた、転勤があるよね？」

重ねられた質問に、胸の奥で砂時計が砂を落とす。

どうにかして、残り時間が読めないかと、返事をためらって。

「ない、ことはない。と、思う」

読めない未来に泳いだ視線は、彼のグラスにビールを注ぐことで、ごまかす。

「小山の嫁さんみたいに、俺は『どこにでも付いていく』とは、言えないけど」

「ええっと。小山さんって？」

「覚えてないかな？　去年の今頃、店に来ていた後輩で……」

今年もお盆休みの初めの方。私が実家に戻っている間に来ていた、らしい。

泡が落ち着くのを待って、彼がグラスを手に取る。

つられるように私も、ビールを一口飲んだ。

「里香さんがどこに転勤になったとしても、俺の所に戻ってくるって、約束が欲しい」

少し考えるような間を置いた後で彼は、そう言って飲まないままのグラスをテーブルに戻した。

「約束？」

「里香さんの会社で、結婚と退職がセットなら、無理は言わないけど」

「……」

「一生のパートナーに、なってほしい」

彼のアーモンド型の目に、射すくめられる。

砂時計の流れが、止まった。


彼のお店が通常営業に戻った後も、いつもより長いお盆休みは続く。

その間、いわゆるプロポーズについて、考える。

一人の部屋で、お茶碗を洗いながら。彼のお店で、コーヒーを飲みながら。

彼が私の転勤に合わせて引っ越す、というのは、確かに現実的ではない。

私がお店で過ごす時間は、前とは変わらないのに、彼と二人っきりになることはかなり少なくなってきている。せっかく軌道に乗ってきたお店を、新しい街で一から始めるのは、色々な意味で無駄でしかない。

何より、あの家に呼ばれた彼を、余所になんて連れてはいけない。

でも、私が転勤になって、今ほどお店に来れなくなったら。

先月だったか、お店に来ていた女子高生みたいに、その間に来たお客さんが、彼のことを好きになるかもしれないと思うと。身悶えるような焦燥に駆られる。

じゃあ、結婚？　と考えると。私がお局と呼ばれるくらいだから、営業部に女性の既婚者はいない。他部所ではパート勤務の人がいるけど。

結婚退職をして別のところで働き始めるのは、今まで積み上げてきたモノが無駄になるような、恐怖がある。

彼のお店を手伝うというのも、職人気質の彼の邪魔になりそうだし。

〝呼ばれた〟わけではない私が一緒に働くのは、なんというか……おこがましいようにも、思う。

返事を保留にしたまま、休みがあける。

まずは人事に相談、というのが、悩んだ末の答えだった。

幸い、人事課長は、いつも早くに出社してくる。ラッシュを避ける私と、同じくらいに。内々に話を聞くことも、できるだろう。

休み明けの初日。験担ぎ的な意味も込めて、モーニングコーヒーと一緒に出勤する。就労規則に結婚退職が明記されていないことを祈りながら、オフィスビルのエレベーターに乗る。

「おはよう、ございます？」

三階で降りると、壁にもたれるようにして、経理の子が立っていた。

「……おはようございます」

「どうしたの？　その足」

ギプスを巻いて、松葉杖って。その足で、よく仕事に来たなぁ。

「ちょっと……」

「上がってきたものの、鍵が開いてなくって……って？」

「ええ、まあ」

私より一歳年下になる稲本（いなもと）さんが、この時刻に来ているのは、かなり珍しい。

鍵の所在も、恐らく知らないだろう。

「その足じゃあ、もう一度守衛室に下りるのも大変ね」

「はぁ」

「私も『誰か来ているだろう』って守衛室に確認せずに上がってきて無駄足、ってよくやるわ」

そんな話をしながら鍵を開けて、入室手順を辿る。

「鍵を開けたあとのは？」

「え？」

「そこのボックスの操作が、必要なんですか？」

「ああ、これ？」

なるほど。セキュリティの存在も知らないのか。

稲本さんに、一連の操作を教える。

真剣な顔で聞いている彼女は、明日からも早く来るつもり、らしい。

怪我のせいで早めに……という気持ちは、分からなくもない。

そんなことを考えながら、自分のデスクへと向かって。

パソコンの起動メロディーに、ため息を紛らせる。

ただ。これじゃあ。

人事課長に相談できないじゃない。

温くなったコーヒーを飲む。答えが出るのは、まだ先になりそうだった。

相談の機会を狙って、密かに……なんてことを考えていたら、自分の仕事が疎かになりそう。

そんな危機感を覚えるヒヤリハットが、続いて。

覚悟を決めた私が、人事課長に面談を申し込んだのは、そろそろ夏も終わりの気配を見せる頃だった。

「で。どうした？　坂口係長補佐？」

小会議室で、机を挟んだ課長から尋ねられて。

「就労規則について、なんですけど」

私が用意してきた質問に、相槌をうちながらメモをとっていた課長は、話を聞き終えると腕組みをして。うーん、と唸り声を上げた。

「前例から言うと、だな」

「はい」

「総合職から、一般職への異動になると思う」

「一般職へ……」

「一家の主婦を、転勤をさせるわけには……な？」

分かるな？　と、視線で尋ねられた。

「退職では、ないのですね？」

「そこを会社側が無理強いすることは、できないな」

「無理強い、ですか」

「本人が辞める、と言うのを引き止めることもないが」

つまり。一般職なら、働き続けられる。

「個人情報だから、詳しいことは言えないが」

そう、前置きをした課長は私に、人事の係長をしている女性にも相談してみるように勧めた。

私より五歳ほど年上で。十年ほど前に、他社から転職してきた人だった。

彼女に話を通しておいてくれるという課長にお礼を言って、仕事に戻る。

ほんの数十分、席を外した間にも、いくつか『電話が掛かってきた』とメモが残されていて。かけ直しのため、受話器へと手を伸ばす。

コール音を聞きながら、ふと目をやると。樋口課長と、目が合った。

と、思うなり、視線を逸らされた。

何だ？　一体？

疑問に思ったのは、ほんの一瞬。繋がった通話に、意識を切り替える。

今はまず、目の前の仕事を片づけないと。

「坂口さん、例の彼とはうまくいってるか？」

そんなことを樋口課長から尋ねられたのは、それから二日ほどが経ったお昼前だった。

営業部は、ほとんどが外回りへと出払っていていて。私と課長は、二人して午後からの会議絡みの書類仕事をしていた。

「あー、まあ。お蔭様で」

「やっぱり、私生活が充実していると、仕事のはかどり具合も違うだろ？」

「はぁ」

確かに、悩んでいると……ダメだわ。

「経理の……ほら。稲本さん」

「ああ、はい」

「彼女も、見合いをしてから、すっかり落ち着いて」

私が断ったお見合いの流れ着いた先は、やはり彼女だったらしい。

自分が世話をしたお見合いの成果を誇らしげに語る課長の演説を、右から左に聞き流しながらキーボードを叩く。

「やっぱり、恋愛って大事だよ。女の子が綺麗になるから、職場も潤う」

すみませんね。枯れ果てたお局状態を長く続けてて。

「男の方は、溜まったモノがすっきりするから、仕事の効率があがるし」

はいはい。出ましたね、下ネタ。

「最後は結婚して、幸せなゴール！」

聞き流せない言葉に、ミスタイプが連続する。

勢い余ってしまった誤字の塊に、デリートキーで修正をかけながら、過(よ)ぎった思いを巻き戻す。

〝最後〟は結婚？　幸せな〝ゴール〟？

ちょっと待て。

私がお見合いを持ちかけられたのは……昇進前、だった。

稲本さんは、まだ結婚してはいないようだけど。お見合いで、トントンと話が進めば、数か月で式を挙げても、おかしくはない。

友人の例を思い出して、逆算する。

春の昇進、私ではなかったら、二つ年下の男性に話があったのではないだろうか。

私が担当していた得意先を引き継いだ彼はこの半年弱、なかなかの成績を収めていて、樋口課長もかわいがっている、のが傍で見ていてもわかる。

あのお見合い話は、もしかして。

私を昇進させないための、何か、だったりするのだろうか。

10. 店の名前

人事の係長、島野(しまの)さんと都合を合わせられたのは、九月も半ばを過ぎてからだった。

一緒にお昼を摂ることで、時間を作る。

「ここのお蕎麦屋さん、おいしいよね」

「島野さんも来られること、あります?」

会社から二筋ほど東、夫婦で営業しているような、こぢんまりとしたお店の暖簾をくぐる。

普段、お弁当を持って来ている人のイメージがある島野さんが、お蕎麦屋さんに来ていたことに単純に驚く。

「たまにね。ダンナが出張で、お弁当の要らないときとか」

サボることもあるわよ、と言いながら、島野さんはメニューを広げた。

妙なことを、言ったよね? 今。

〝ダンナ〟が出張?

二つ頼んだ天ざるを待つ間、相談ごとより先に、さっきの疑問に話を戻す。

「島野さん、結婚されていたのですか?」

「うん、いわゆる、事実婚だけどね」

「事実婚……」

「籍をいれちゃうと、総合職から降りることになるから」

「あの、それって。同棲と、どう違うのでしょうか？」

「お互いに、夫婦だと思っているところ？」

「はぁ。なるほど」

籍を入れずに夫婦になるなんて、抜け道があるとは、知らなかった。

「じゃあ、島野さんは転勤も？」

「するわよ？　辞令があれば」

「子どもが生まれたりしたら……」

「やぁねぇ。とっくに四十過ぎてるわよ？」

今更……と、声を立てて笑っている島野さんの目が、笑っていなくて。

拙い話題だと、切り上げる。

天ぷらをかじり、蕎麦をすすりながら、島野さんといろんな話をした。結婚と仕事の兼ね合いについて、だけでなく。

千賀子たち、友人との会話も異業種交流のようなものだけど。同じ会社で働いていても、人事と営業では見てるものも、見えているものも違っていて。情報交換的な会話で、その日の昼休みを過ごした。

そうして改めてこれからのことを考える。このまま、総合職として働くことも、出来なくはない。となると……欲も出てくる。

一般職になるなら、今の〝係長補佐〟から降格することになるのかもしれない。役職にしがみつくほどの出世欲は、ないつもりだったけど。もったいないかな、とも思わなくもない。

それに。昇進を阻止するかのように、お見合い話を持ってきた樋口課長の思惑通りになるのも、しゃくに障る。

でも。

恐らく……田舎の両親は、いい顔をしない。籍を入れないままの結婚なんて。

同居している父方の祖母は、なおのこと。仕事を続けること自体、反対しそうだ。

堂々めぐりの悩みを繰り返しているうちに、何度となく、『未来の夢に呼ばれた』と口ずさんでいた、彼の苦しそうな歌声を思い出す。

ああもう。一般職でも、総合職でもかまわない。

これがお前の〝天職〟だと。

お前はこの道に呼ばれたと。

誰かが、何かが。

私を呼んでは、くれないだろうか。

ほんの一言、呼ばれさえすれば。

未来への答えは、おのずと見えてくるはずなのに。


悩んでいる間にも、時間は流れる。

小さなトラブルや、ちょっとした成果を挟みながら、仕事もこなす。

十月に入ってすぐの、その日。

春に〝伝票放置事件〟を起こした山下くんが、またやらかしてくれた。

取り引き先から電話で依頼されていた資料を、届けていなかった。問い合わせの電話に、資料を用意して。出先の山下くんを急ぎで戻らせてから、私も謝罪のために同行した。

先方に資料を手渡して、二人して頭を下げる。

「必要だから、お願いしているわけですから。きちんと対応をしていただかないと」

「申し訳ありません。電話を受けたのが女の子だったので、連絡が……」

こら、ちょっと待て。

それは、言い訳にすらならない。

頭を抱えるレベルの悪手に、自分一人で来るべきだったと、後悔する。

案の定、対応していた担当の女性に、

「謝罪に〝女の子〟を同行させるんですね」

と、嫌味を言われた。

なんとか許していただいて、安堵のため息をつく。そして、会社に戻る車の中で、

「あの電話、受けたの私よね？」

運転しながらの、お説教タイム。

「あれ？　そうでしたっけ？」

「誰が受けたかの確認もせずに、あんなことを言ったわけ？」

「だって、ほとんど女の子が電話に出るじゃないですか」

悪びれることなく、口を尖らせている。

「それでも。他人のせいには、しないの！　こういう場合は」

「はぁ」

こっちが、ため息をつきたいわ。

「で、そもそも。どうしてやってなかったわけ？」

「あーっとですね……」

頼まれた資料が、いつもの棚になかったからって。あのね。

「聞きなさい。わからなかったら」

「誰に聞けばいいんですか？」

「誰でもいいでしょう！　それくらい」

『聞ける相手と、聞けない相手がいて……』と、ブツブツ言っている山下くんに、これ以上のお説教はしても無駄と、口を噤む。

この場合、『ちゃんと、渡したよね？』と確認しなかった私も悪いのか？

帰って、課長にも経緯を報告して。

『報告・連絡・相談が大事で……』なんて社会人の心得を、改めて注意される。隣で神妙に頷いていた山下くんが報告書を書くように促されたところで、私もやりかけの仕事に戻る。

残業になったその日の帰り道。電車に揺られながら、ふと思った。

プロポーズの答えを、急かさずに待ってくれている孝さんだけど。進捗状況のようなものを、伝えておいたほうが良いのじゃないだろうか？

週末、相変わらずの堂々めぐりを辿りながら、チーズスフレを口に運ぶ。

このお店を見つけてから、もうすぐ二年が経つ。

店内に使われている刺繍の作品も増えたな、と、横目でカトラリー籠に敷かれた刺し子の布巾を眺める。これも、彼の作品だ。

他にはない、このお店の雰囲気が好きだ。彼のことと同じくらい。

総合職を続けて、引っ越しを伴うような市外へ転勤になったら、このお店でコーヒーを飲む機会は、かなり減るだろう。

その時。私は、日々の息抜きをどうするのだろう。

新しい場所を、その街で新たに探そうとするのだろうか。

〝ここへ帰ってくるって約束〟が欲しいのは、私も変わりない。


その夜、夕食も終えた後のちゃぶ台で、孝さんと話し合いの態勢になる。

「あの。この前のプロポーズ……のような話なんだけど」

「ような話、じゃなくて。プロポーズだから」

「あー、うん」

改めて口にすると、妙に恥ずかしくて。言い足した誤魔化しの言葉を、即座に訂正された。

「まだ、答えにはたどり着いてないけど、現状報告をしておこうかと……」

「現状報告って」

そういう所が、仕事好きだね、と小さく笑って、彼は急須のお茶を注いだ。

一口飲んで。頭の中を整理して。

結婚退職はしなくてもいいけど、転勤を伴わない一般職に配置換えになること。総合職を続けるために、事実婚を選んだ先輩がいること。どちらの道を選ぶかで、迷っている最中なので、もう少し時間が欲しいこと。

なるべく順序だてて話すように、シミュレーションは重ねたつもりだけど。最近の仕事では覚えがないほど、緊張で声が震える。

話を終えて、彼の顔を窺う。

腕組みをした孝さんは、眉間にしわを寄せて考えこんでいた。

いつも穏やかに笑っている彼にしては珍しい、難しい表情を目の当たりにして、『間違えた……かも？』と、背中に冷や汗が流れる。

「里香さん。確認だけど」

やっと言葉を発した彼は、真っ直ぐに私の目を見つめてきた。

その視線の強さに、思わず背中が伸びる。

「結婚をする気は、あるんだよね？」

「それは、ある。あります！」

勢いよく頷いた私に、孝さんの目が笑いに緩む。

「だったら、四の五の言わずに、結婚しよう」

「ええっと……だから……その」

次の段階、届けを出すかどうかで、立ち止まっているのだけど？

「俺、会社勤めの頃は営業だったから、口約束ってのは、どうにも気持ち悪い」

「あー。たしかに。契約書がないと……」

「でしょ？」

里香さんには、やっぱり話が通じる。

そう言って彼は、嬉しそうな顔でお茶を飲んだ。

「だからさ。ちゃんと届けを出して、結婚しよう」

「うーん」

口約束に不安を覚える感覚は、実感として理解できる。こんな部分でも、彼と私は仲間だと思う。思うけど。やっぱり。

「未練があるのも、事実なのよね……」

「役職に？」

「いや、そこじゃなくって。係長補佐になって、半年じゃない？」

「うん、そうだね」

「このまま続けた先に、〝天職〟があったりしないかな？　って」

いつだったか、彼が言っていた。『呼ばれるまで、続けてみれば？』って。

「もしも、あと少し頑張った先に、『この道だ』って呼ばれる通過点があるなら、悔しいな、とか」

言いながらチラリと見た孝さんは、左手で耳たぶを捻るようにしていた。考え事をしている時、左手で耳たぶを触る彼の癖に気づいたのは、いつだっただろう。

「里香さん」

「はい」

改まった声に呼ばれる。

「だったら、俺が呼ぶから。天の代わりに」

「……」

「里香さんの生きる道は、ここだよ」

そう言って、ポンと軽く畳を叩いて見せる。

「お店を一緒にするってこと？」

「いや、そこに里香さんの興味はないでしょ？」

まあ。確かに。

作り手冥利に尽きる、〝食べる人〟だと、孝さんに言われたこともあるし。

「天に呼ばれる道が、仕事になるとは限らなくても、良いんじゃない？」

「……呼んでいるのは、孝さんだよ？」

「うん、そうだね。でも俺は今、里香さんを呼んでおかなかったら……明日の朝、後悔する」

『明日、もしかしたら。俺よりも、里香さん好みのコーヒーを入れられる男に出会ってしまうかもしれない』なんて、言った彼の言葉に、

「胃袋で絆されたつもりは、ないんだけど？」

と、膨れてみせる。

「胃袋一つで里香さんの一生を掴めるなら、俺は頑張るけど」

「……」

「でも、掴まれて一緒に……よりも、並んで歩きたいじゃない？　人生の道は」

「あー、うん」

「だからさ、夫婦って道に呼ばれておいで。並んで歩きながら、それぞれの仕事をすればいいからさ」

そう言われて、目が覚めたような気がした。

「なーんだぁ、そっかぁ」

「里香さん？」

「そこにあったのか、って」

呼ばれて見つけるのは、人生を賭けるような仕事のことじゃない。ただ、〝生きる道〟だったんだ、と。

「うん、呼ばれた。私にも聞こえた」

「ええっと……それは……つまり？」

「孝さん、結婚しよう。ちゃんと届けも出して」

「わかった」

というより、『よかった』かな？

ほっとしたような顔でそう言った彼の顔を眺めながら、すっかり冷めたお茶を飲む。

お湯呑みをちゃぶ台に戻したところで、名前を呼ばれた。

私の道を、示してくれたその声に応えて。

キスを交わす。

これから、私は。

この道を歩いていく。

年末までの間に、互いの実家に挨拶に行ったり、職場への報告をしたりと準備を整える。

私の両親は、『趣味の延長のような店』と、彼の仕事に渋い顔をしたけど。

「いいんじゃないの？　里香にはちょうど」

横から、祖母が口をはさんだ。

「生まれつきのじゃじゃ馬ですから。うんと年長の、里香では歯が立たないくらい経済的にも包容力のある男性か、そうでなければ、里香と仕事で張り合わない程度に頼りない男性の方が、釣り合うでしょ」

「ええっと、お祖母ちゃん、それは……」

貶されているのでしょうか？　私たち。

「里香の生まれた年はね、『女の子の気性が激しくて、旦那を食い殺す』って言われている干支なの。昔からね」

お茶を飲みながら、祖母が何気に酷いことを言ってくれる。まぁ子供の頃から散々、周りの大人たちのネタにされてきた話題だけど。

「気性の激しい人はね、周囲に『負けた』って意識を持たせてしまうらしいの」

「負けても、次こそは……って頑張れば、いいじゃない？」

「そう考えるあたりが、じゃじゃ馬なんです」

はぁ、そうですか。

「毎日顔を合わせる旦那さん側にそれを受け流すだけの器量があれば、いいのだけど。中途半端に自信がある男性はね、負けた自分を認めないために、間違えた判断をしてしまうこともあるの。それが、世間的に言う〝食い殺す〟ってことよ」

「……」

「だから、『里香に負けた』と思わないくらい強い相手か、勝負しようと思わないくらい違う価値観で生きているような人がお似合いだと、お祖母ちゃんは思うわ」

そう言ってから、少しだけ考える素振りを見せた祖母は、私が生まれた年に還暦を迎えた、つまり自身が同じ干支の生まれであること。祖父とは一回り以上、歳の離れた夫婦だったからこそ一生を添い遂げられたことを、話してくれた。

そして、『今田さん。里香に〝食い殺されない〟ように、頑張ってくださいね』と言って、孝さんに頭を下げた。


彼の家への引っ越しを終えて。役所への届け出とそれに伴う事務手続きで、今までにない程、人事部のお世話になる。

「よかったら、お昼。どう？」

そんな言葉で島野さんに誘われたのは、年が明けてしばらくした頃だった。

二つ返事で連れだって、近所のお蕎麦屋さんへと出かける。

「新婚生活は、どう？」

「どうって……まあ、こんなものかな？　と」

「こんなもの。よね？　確かに」

軽く笑った島野さんは、ほうじ茶のお湯呑みに口をつける。

「人事としては、ほっとしているのよ。年が明けるまでに結婚してくれて」

「はぁ」

「春の異動を、本格的に考え始めていたからね。課長とか部長は」

「それは、やっぱり転勤……」

「まだ、そこまではっきりとはね……」

係長レベルが知る範囲では、なかったらしいけど。

「ただ、樋口課長は、喜んでいたわね」

運ばれてきた鴨南蛮蕎麦に手を合わせながら、出てきた課長の名前に、こめかみがピクリとした気がした。

「手塩にかけて育てた部下の出世が、嬉しくないわけじゃないとは思うけど。仕事を任せられる右腕には、近くでサポートしてほしいのでしょうね」

「……」

「去年の春にも一人、営業所の係長にって異動したし。坂口さんには……って、うちの課長とも話していたみたいよ」

『坂口さんが一般職になったら、異動させずにすむのに』と、どこまでが本気か分からないことまで、言っていたとか。

あの樋口課長が私のことを、そんな風に評価してくれているとは知らなかった。

その評価の表れだと、思っていいのか。

春の異動で一般職にはなったものの、『係長補佐』の肩書きが外されることは、なかった。

ただその前に、『営業支援係』という名称がついた。

平たく言えば、通常の営業をする上での補佐的な部署が、新設されたということで。私はそこに異動になって、書類関係の支援なんかを任された。

さらに取引先からの急な依頼で資料を届けたり、問い合わせに応じることも。

「それは……体の良い左遷じゃないの？」

異動の話をしたとき、孝さんは心配そうな顔をしたけど。

「左遷か異動かは、本人の受け止め方じゃない?」

『これは左遷です』なんて辞令は、ないでしょう?

そして。実際に仕事をしてみると、やはり書類仕事は、去年よりも確実に増えた。

でも外向き、つまり取引先に向けての書類の作成は、会議資料とか報告書といった社内向けの仕事をしているよりも、性に合っているというか……正直に言って、楽しい。

それに、急な依頼のあった取引先の担当が、忙しくて行けない場合でも、私やほかの支援係の社員が代わりに訪問できるから、『後日、伺います』と待たせることが減ったとか、連絡不十分からのミスなんかも減ってきたと、嬉しい評価も聞こえてきていて。

やりがいって、言葉を実感する。

今日は、数年前に担当していた取引先に急ぎの見積書を届けに行って、『おや、久しぶり。結婚したの?』と、顔見知りの数人に声を掛けられた。

「驚いたけど、すっごく嬉しかった」

思い出しただけで、頬が緩む。

「へぇ?」

「覚えてくれていたんだ、って」

「うん」

話を聞いている孝さんの、アーモンド型の目も嬉しそうに笑う。

「『あの時、勧めてくれた……』なんて話を、久しぶりの担当者にされると、堪らないよね」

会社員時代を思い出したような彼の言葉に、大きく頷く。

やっぱり、同じ感覚。彼と私は、こんなに重なる。

そんな会話を交わしながら、孝さんは帳簿をつけている。

経済専門の単科大に通っていたから、なんとなく付け方とかは習ったような……と、思い出す程度の私に手伝えることなんて、ほとんどないけど。

結婚してすぐの頃、確定申告の準備をしている彼の隣で、電卓を叩くくらいのお手伝いはした。

その時に初めて。お店の名前が〝まり〟だと知って、

「なんで、まり？」

と、計算を終えた領収書の文字を辿りながら尋ねてみた。

「言葉遊び的に……」

ＪＩＮが並べた言葉が、由来だとか。

「世間の決『まり』を忘れて、止『まり』木のように休む場所。ほんのひととき、あ『まり』時間を過ごす。そんなた『まり』場」

「あー、確かに。言葉遊びだね」

「アイツの友達が、色紙まで書いて寄こしたんだけど」

「うん？」

「暖簾に刺繍をするときに、どうにもバランスが難しくて、『まり』の文字を入れなかったからさ」

店に飾るのも、妙な風になってしまって。

そう言って立ち上がった彼が、しばらくして隣の部屋から一枚の色紙を持ってきた。

「うわ、凄い」

「だろ？」

「墨痕(ぼっこん)鮮やか、って感じ」

流れるような達筆で書かれた文字には、不思議なリズムまで感じられた。

「でも確かに……お店には、似合わない、かも？」

「やっぱり、そう？」

「うーん」

手書きメニューとこれは、同じ所にあるべきじゃないような。

強いて言うなら。

『織音籠』と『マスター』くらい、異質だ。

半年ほど前に交わした、そんなやり取りを思い出して。我が家のお茶の間に飾ってある色紙の文字を、下腹を撫でながら、口の中で読んでみる。

そこから視線を下ろすと、小さな座布団に座った白い招き猫が、テレビの横で人を招いている。

クロネコに呼ばれて見つけたお店には、マスターが定めた決まり事が、いくつかあったけど。

不思議な心地よさで、離れがたい止まり木になった。

十五年あまり。

気ままな一人暮らしを満喫していた私は、天に呼ばれて、孝さんと二人で人生を歩く。

二人で過ごす心地よさは、私の胎内に溜まり、この身に宿る、新しい命となった。

そして、来年の春。

この家の招き猫たちに招かれて、家族の一員としてやってくる。


【了】

名前のなかった喫茶店

1

俺にとって、吐息に近いその呟きは、明るい将来を告げる託宣のように聞こえた。

十年と少し勤めた会社を辞めて、喫茶店を開いたのは二カ月前のことで。

住宅と小さい店舗が入り混じる裏通り。かつて小料理屋だった店舗兼住宅を居抜きで買い取っての開業は、この店に一目惚れしてのことではあったけど。

そもそものきっかけが、少々ネガティブな話だった。

俺が三十路へのカウントダウンを、そろそろ意識するようになった頃。俺が新人教育を担当した後輩の一人が、左遷の憂き目にあった。

俺と同じ営業に配属された小山というその男は、一年目にはそこそこの成績を上げていた。

経験を重ねていけばさらに伸びていくはず……という周りの期待を裏切るかのように、二年目だったか三年目だったかで調子を崩した彼は、そのまま地方の営業所へと飛ばされた。

　やっと新人の域を抜けた程度の若手に対して、あまりにも情のない仕打ちのように思えた俺は、直属の上司に『もう少し、見守ってやってほしい』と頼んでみたのだけど、それがいけなかった、らしい。

　その年の暮れに、俺自身も情報管理室へと異動になった。

　新しい部署は、情報管理とは名ばかりで。過去のデータ整理がメインの作業は、俺から仕事への情熱を奪った。惰性で出勤して、資料室のファイルとパソコンだけを相手に一日を過ごす。生きる屍のような生活の中の僅かな潤いが、連休に訪ねる隣県の牧場でのひとときと、音楽だった。

　音楽とはいっても、俺は楽器が弾けない。歌に至っては、学校の先生にすら哀れまれるほどの音痴だし。ただ、三歳年下の弟のバンドが、大学を卒業と同時にメジャーデビューしていたので、彼らのライブを聞きに行くのが、俺にとっての〝音楽〟だった。

　そしてそれは、俺が情報管理室へ異動して三年後の年明けのことだった。

　弟の仁が〝ＪＩＮ〟と名乗ってボーカルを務めている、織音籠のライブに行った俺は、一つの曲と出会った。

〈今日、ここに集まってくれたみんなにも、もし。会えなくなった人、しばらく会えていない人がいるなら。その人を思い出しながら聞いてください〉

そう言って弟は、ドラムのＹＵＫＩにマイクを明け渡す。弟に代わったＹＵＫＩが歌ったのは、繊細な鎮魂歌。

歌い終えた彼が、『明日の朝が来る保証なんか、誰にも無いから』『先延ばしにしていることが何かあったら、ためらわずに行動しよな。後悔だけはせんように、お互いガンバロな』って、方言混じりに客席に語りかけるのを聞いて、そう言えば震災のあった神戸の出身だと、聞いたことがあったな……なんて考えていたけど。

その後、何週間もの間。ふとした瞬間に、ＹＵＫＩの言葉が脳裏に浮かんでくるようになった。

俺は、何かを先延ばしにしてないか？　明日、世界が終わっても、後悔しないか？

俺は……今の自分に、満足か？

改めて身の回りを振り返ってみれば、俺と同じ支社の配属だった同期の半数ほどが、転職や転勤で既にいなくなっていることに気付いた。

そして、その頃だっただろうか。数年前の小山の転勤に、コネ入社の女子が何やら関わっているらしいとの噂を耳にした俺は、自分の左遷の理由にも、納得がいった。人事に圧力を掛けられる人物の決めたことに、口を挟んだわけだし。

ならば俺は、いつまでこの会社で働き続けられる？　いや、いつまでこんな会社で働き続ける？

すっかり会社に愛想が尽きたから、真剣に転職を考え始める。どうせ恋人もいない、気楽な独り身。自分独りが暮らしていければ、良いじゃないかって。

就職情報誌なんかを眺めていた、ある日曜日の午後。テレビ台の傍らに置いてるスピーカーから流れてきた弟の歌声が、『未来の夢に呼ばれた』と歌詞を紡ぐ。

ああ、Calling（天職）か。

昔、祖父から教えてもらった単語が、頭を過ぎる。

この歌詞は弟の作詞だな、と思いながらテーブルのコーヒーを手に取った。

改めて視線を落としたページの、フランチャイズ喫茶店のオーナー募集に、脳裏に囁く声を聞いた。

喫茶店、だよ。と。

ん？　喫茶店？

テーブルの上には、お茶請けのビスケット。手にしたマグカップと、交互に眺めて。

これだ、と思った。

社会人になってからはともかく、学生時代の俺は料理、特に菓子を焼くことが趣味だった。友人には好評で、当時付き合っていた彼女には呆れられたっけ。

転職先を探すんじゃない。脱サラして、喫茶店を開こう。

フランチャイズ契約は最終手段と考えて。自前で開業するとしたら、まず必要なのは資金。嫌気が差している会社でも、貴重な資金源であることには違いない。任された業務さえ果たせば、それに応じた給与が貰える。

　そして資金が貯まるまでの間に、開業に必要な資格や手続きの情報収集も同時に進めた。

　少しでも早く夢に近づくために、小さなことから節約を心掛ける。コンビニ弁当で済ませていた昼食は、自分で握ったオニギリに。夕食を外で食べて帰ることも、意識して減らす。さらにタバコも止めた。

　想定していたスピードより、少しだけ早めに貯まっている通帳残高を目にした時には、『学生時代は俺も吸ってましたけどね。金を燃やして体を壊すなんて、馬鹿じゃない？　って、付き合ってる彼女に言われて……』と、禁煙の話から惚気になってしまっていた小山の、照れたような笑顔を懐かしく思い出し、過去の自分が灰にしてきた金額に、ため息がもれた。

　冬のボーナスで目標金額に手が届いた年の暮れ。実家に帰った俺は、両親に会社を辞める話をした。

「兄さん、オレが言えたことでもないけど。不安定な仕事は、しんどいぞ」

　意外なことに、隣で聞いていた弟の反対にあった。その歌で俺を、未来に呼んでおいて……と、心の中が彼を責める。

「オレにはまだ、織音籠の仲間がいるけど。兄さん、完全に独りだろ？」

「それでも、だよ。このままだったら俺は、明日が来なかった時に、後悔する」

引き返すなら、ここが最終地点。それは分かっていた。でも、心が会社を見限ってしまったことも、分かっていた。

「ジンだってさ」

弟が高校生の頃から名乗るようになった愛称は、〝織音籠のＪＩＮ〟に繋がる夢の、最初の一歩だったと俺は思っている。

「卒業の時にデビューを決心してなかったら、今ごろ後悔してない？」

「んー、オレはまあ……使命感で走り出した感じではあったけど……」

「だから、ほら。ボーカルのお前が普通の会社員になってたら、織音籠は消えてたわけだろ？」

まだ、形にもなっていない俺の店と比べるのも、へんな話ではあるけど。禁煙や準備に費やした努力はきっと、ジンのインディーズ時代に負けてないと思う。

そんなやり取りに加えて、資金調達なんかの現実的な話を父とも交わして、半ば諦め顔の両親からは、なんとか了承を得られた。

そして、翌年の夏。

不動産屋で興味を引かれて案内してもらった、裏通りの小料理屋を一目見た瞬間。

俺のやるべき店のイメージが、はっきりと見えた。

カウンター五席と四人掛けのテーブルが四卓の縦に長い造りになってる店内は、テーブルなどの調度品も生かす方向で、なるべくこのままで使いたい。それに合わせて、食器も和食器で。

ああそうだ。昔、民芸博物館で見かけたような刺し子の作品を、店内のアクセントにするのもいいな。カトラリーに敷く布とか、ランチョンマットとか。

それも土産物屋に並んでいるような整った感じよりも、素人っぽい粗さのある方が、雰囲気が出るかもしれない。

ああ、ここだ。

ここで、和の雰囲気の喫茶店を開こう。


こうして、俺の夢は現実のものとなったけど。

この二カ月。覚悟はしていたつもりでも、予想以上に暇だった。

近所の人達がパラパラと来てくれてはいるけれど、はっきり言って、喫茶店ってのは無くても困らない存在なわけで。

三日と空けずに来てくれているのは、路地を挟んだお隣、〝ネコの薬屋〟のご隠居さんと、通りの北端にあるスミレベーカリーの大将くらい。

お茶の代わりに……と、コーヒーを挽くわけにもいかず。有り余る時間に俺はカウンターの内側で、趣味と実益をかねたような手芸をしていたりする。

カトラリーを入れる籠に敷く布巾にしようと、刺し子のキットを使ってみたのが、そもそもの始まりで。お菓子作りほどではないものの、手芸も好きだった俺には、ちょうどいい手慰みでもあった。

刺し子の勉強をしていくうちに俺は、東北地方の伝統的な刺し子である、こぎん刺しのコースターと出会った。

刺し子のランチョンマットより、こぎん刺しのコースターの方がイメージに合う。そう考えて、試しに作ってみたコースターが、想像よりも器との相性がよくって。必要なピースが手許に揃った気がした。

そうして、布巾とコースターを作り溜めていくうちに、暖簾にはこぎん刺しの応用で文字を象ろうと思い立った。遠目には紺地に白抜きの文字で店名が入り、近づくと白い小花の集合になっているって、いいんじゃないか？

その時、俺のイメージでは、〝喫茶　まり〟と描かれた暖簾が風に揺れていた。

でも、実際に下書きしてみると、画数の具合だろうか。バランスが残念なことになってしまって、なかなか思い通りの形にならない。

試行錯誤していた先月の半ば。開店祝いと称して遊びに来たジンが、書道の得意な友人を連れてきた。彼が何パターンか書いてくれた見本のうちの一つ、ひらがなで〝きっさ〟とだけ書かれたものを選んで、方眼紙とコピーを駆使して、図案へと落とし込んだ。それを今、一針ずつ形にしている。

無心に針を動かせたらいいのだけど、手とは別に頭は考えごとを始めてしまう。『暖簾がないと、営業してるのか分からなくって入りにくい』と、開店二日目の店を見に来た父に言われたことは、一理あるのかなぁ。

でも、店の顔だし、妥協はなるべくしたくない。いや、既に店名の〝まり〟を抜いた時点で、妥協か。

暖簾を出していない代わりに、暖簾を掛ける腕木に『商』と吊り下げ旗を吊って、営業中をアピールしてはいるつもりだけど。少し、引き戸も開けておいたほうが……いや、これから寒くなるのに、戸を開け放つのは、居住性の問題があるか？

通りを行き交う人に、存在をアピールする方法なぁ。

針仕事に凝った肩を軽く回しながら、開かない引き戸に目をやった時だった。

カラリと軽い音を立てて、入口の引き戸が開いた。

顔を上げた視線の先に、人影。客だ。やっと。

「つらっしゃいっ」

期待が妙に大きな声となってしまって、相手が怯んだような……気がする。しくじった、と心の片隅で反省しながらも、こういう場合は狼狽えたら負けだ。伊達に会社員時代の半分を、営業で過ごしていない。

何も無かったような顔で、スツールから立ち上がって、

「お一人で？」

カウンター越しに声を掛けると、俺と同年代と見えた女性は、

「はいっ」

小気味よい返事で応じて、ゆっくりと店内へ足を踏み入れた。好奇心にあふれた子猫のようなその足取りに、俺の店を気に入ってくれそうな予感が生まれる。

ならばぜひ、気に入って貰わなきゃ。

そんなことを考えて、気合いをいれた自分のことをマスターらしくなってきたじゃないかって、ちょっとだけ誉めておいて。

「お好きな席へどうぞ」

と、店内へと手を差し出して誘う。

少し考えるように首を傾げた彼女は、奥から二番目のテーブルを選んだ。

薬屋との間にある路地に面した窓の横。黒い招き猫が窓辺で見守る席で、戸口に背を向けて座った彼女の前に、お冷やのグラスをそっと置く。

『初めてのご来店、ですよね？』と確認した俺に、微笑みを伴った頷きが返ってくる。よし。ご新規さん、来店だ。

「当店の、〝お約束〟です。お待ちの間にでも、目を通していただければ……」

「はぁ……」

メニューとクリアケースを重ねて差し出すと、彼女は戸惑う表情で受け取った。

喫茶店が無くっても、だれの生活も困らない。ただそこに、〝お茶を飲める場所がある〟。喫茶店の存在意義なんて、それだけなのかもしれない。

それは、会社を辞める意思を両親に話した時、父に言われたこと。

ならば、この店に惚れたファンがついてほしい。『この店だから、来るんだよ』って言ってくれるお客が一人でも、増えてほしい。

それは、弟のジンと話していて、思ったこと。

ほかの店との差別化を考えて、誰にとっても居心地のいい店にしたいと思った。お客同士、互いに少しだけの遠慮があれば、物事はスムーズにいくんじゃないかと思ったのは、勉強と称して他の喫茶店を巡っていた時のこと。

それを形にした五つの〝お約束〟。


【約束その一。当店は、禁煙です】

自分が禁煙して、気づいた。非喫煙者は、タバコの臭いに敏感だ。そして、禁煙挑戦者にとって煙は、抗い難い誘惑になることがある。我慢をしてもらう喫煙者には、肺を労わる『休息タイム』ということで許してもらおう。

【約束その二。コーヒー、紅茶の銘柄指定には、お応えできません】

あそこの店に行けば、この銘柄が飲める、っていうのは確かに一つの差別化だろう。豆も茶葉も、保管すれば劣化する。認知度の低いレア品ほど、死蔵されて味が落ちるんじゃないかな？　逆にブレンド一種に限っておけば、おいしいうちに飲んでもらえる。それを価値にできたらいいな。

【約束その三。写真撮影は、ご遠慮下さい】

これは、ＪＩＮ対策。まだ、知る人ぞ知るってレベルでしか売れてないと本人は言っているけど、一応は芸能人だから。ふらりと遊びに来た時に、静かにお茶くらい飲ませてやりたいし、騒ぎになったら織音籠のことを知らないお客には迷惑にもなる。

【約束その四。おしゃべりの声は、控えめで】

これは、もう。言わなくっても……って感じだから、〝お互い、心地よく過ごせますように〟と書き足してあるだけで、分かるだろう。

【約束その五。会計や注文に、すぐには応じられないことがあります】

余計な一言かな？　って気もしないではない。今みたいにお客がほとんど来ない状態では、特に。ただ、俺一人で切り盛りをしている都合上、体が二つ要る状況になる時があるはずだから、互いに譲り合って、待ってもらえると助かる。

そんな『お約束』を挟み込んだクリアケースを渡して、ブラックコーヒーの注文を受ける。

カウンター内でヤカンに水を汲みながら様子を窺っていると、彼女はまず、メニューを開いた。これは……コーヒーだけじゃなくって、お菓子の注文もあるか？

追加注文への期待に高鳴る胸を宥めながら、ヤカンを火に掛ける。さっき書いたばかりの伝票を手に、カウンターから出た。

テーブル上に広げたメニューを覗くようにして、おしぼりを使っている彼女の傍らに立つと、気配を感じたのだろうか。おしぼりを軽く畳んだ彼女の手が、メニューに添えられたのをきっかけにして声を掛ける。

「他にご注文は？」

「あ、チーズスフレを」

聞き取りやすいはっきりした声が告げる注文を、伝票に書きとめる。

今日のチーズスフレは、自信作。ドリンクとのセットで五十円引きなのは、おやつ時を狙った、ささやかなタイムセールスだった。

「少々、お時間をいただきますが？」

豆を挽いて、コーヒーの準備。それから……と考えて伝えると、

「ゆっくりでも、大丈夫ですよ」

優しい言葉が返ってきて。ストンと、肩の力が抜けた。

自分でも気づいてなかったけど、俺。妙に張り切りすぎていたのかもしれない。

コーヒーを注ぎいれるのは、茶色系の大ぶりな湯呑み。新しいコースターを添えて、テーブルへと運ぶ。首を傾げるようにして手にした『お約束』を読んでいた彼女の意識が、こちらに気付いたような気がした。

コースターの上に、湯呑みをそっと座らせる。彼女の横顔に、ほんのりと笑みが浮かぶ。

「お菓子の方は、もうしばらく……」

かけた声に頷きが応えて、クリアケースがテーブルに置かれた。

カウンターへと戻る背後から、

「おいしぃ」

吐息のような声が聞こえてきて。腹の前で、小さくガッツポーズを握る。やれる。大丈夫。この店は、やっていける。

ほんのささやかな一言だった。それでもなぜか、俺にとっては、未来を約束してくれる託宣に聞こえた。

2

俺を励ますような託宣を与えてくれた彼女は、それ以来、毎週のように訪れてくれた。

二度目の来店で、念のため……と渡した『お約束』のクリアケースに小さく笑って。この日はブラックコーヒーとワッフルのセットを注文した。

三度目の来店でメニューだけを渡したら、『お？』って、怪訝そうな反応をした彼女は、きっとこの店の常連になってくれると、勝手に信じた。

その期待は裏切られることなく。黒い招き猫が居る、奥から二つ目のテーブルを定位置にしたらしい彼女は、師走に入った頃から、奥の壁に背を向ける椅子に座るようになった。

彼女のテーブルに、ブラックコーヒーを置いたあと。

カウンターの設えに手をいれたり、隣のテーブルの椅子を整えたりしながら、タイミングを見計らってさりげなく振り返ると、コーヒーに口をつけた彼女の様子が目に入る。

いつも微笑んでいるような口が、湯呑みから離れて、ため息に解ける。

深くなった笑みに、奥二重の眼が細められて。機嫌のいい猫のようなその表情を見る度に、初回に零れた『おいしぃ』って、吐息の混じった声が脳裏に甦る。

そして。俺にとってその声は、次の一週間を頑張るための大切な糧だった。


手間暇を掛けた暖簾がようやく仕上がって、ふらりと立ち寄ってくれる客が少しずつ増えてきたと、実感できるようになった頃。世間は、年度末を迎えていた。

「マスター、チーズスフレのチーズって……」

カトラリー籠に手を伸ばした彼女が、俺を見上げて話しかけてくる。

彼女が店に来るようになってから、半年近くが経った。

軽い世間話なんかを交わすようになった彼女の名前を、俺はまだ知らない。彼女から『マスター』と呼ばれるのを待つだけの関係が、時折、もどかしく思える日もある。

そう、例えば今。『チーズなどの乳製品は、隣の県にある牧場から仕入れていて……』なんて話をしながらも、疲れの影が見え隠れしているような彼女の顔色が気になる。気になるのに、『どうしたの？』って、友だちのようには訊けない。

俺にできることは、ただせめて。この店に居る間だけでも、憂さを忘れてくれればいいなと、祈るだけ。

「ジンはさ、好みのタイプが客の中に居たら、どうする？」

桜もちらほらと咲き始めた頃。ふらりと店に顔を出した弟に、相談とも言えない話題を投げかける。

「どうするって、何を？」

一番奥のテーブルで、紅茶用の白い湯呑みを前にしたジンが首を傾げる。

「何って……名前とか、聞く？」

「んー。俺の方からそれは、したことないかな？」

「あー、いろいろ差し障りがあるのか……」

「それ以前に、アピールされることが多かったからな」

そりゃそうだな。知る人ぞ知るレベルの認知度とはいえ、バンドの顔であるボーカルだ。客の大部分は、こいつ目当てだったりするわけだろう。

「訊く相手を間違えたか……」

ジンが深く突っ込んで来るタイプじゃないから、って尋ねたけど。

「根本的に、立場が違い過ぎた」

「んー。そうでもないと思うけど。俺の好みのタイプは、そんなアピールをするような積極的な子じゃないし」

自嘲気味に笑ったジンが湯呑みに口をつけるのを、テーブルの傍らで見守りながら、密かに息をつく。

人間関係で嫌な思いをしたジンは、市外の高校に入るまでの三年間、息を潜めるように小さくなって中学校へ通っていた。積極的な子を好まないのは、その時からの傷を引きずっているからなのかもしれない。

「客席に居ても気付かないくらい、控えめな子がいいな。俺は」

「気付かないなら、好みのタイプかわからないんじゃない？」

「本当に縁のある相手なら、偶然が味方してくれるさ」

「……ジンって、運命論者だったっけ?」

「さあ?」

どうだろうね、って言いながらジンは、テーブル上に置いてあったノートを広げた。真剣な顔で文字を綴り始めたのを見て、そっとカウンターへ戻る。作詞の作業に入ったらしい弟を見習って、俺も縫いかけの布巾に刺し子を始めた。

針に通した糸が短くなってきて、そろそろ継ぐべきか……と考えているところに、戸口が開かれた。

「いらっしゃい」

カウンター内からのいつもの挨拶に、「お客さん連れてきたわよー」と、朗らかな声が応える。

声の主は、近所で華道を教えているお師匠さん。ここから駅側へ数えて四軒向こうの家に住んでいる人で、毎週金曜日に、お稽古後の一服……と通ってくれている常連さんの一人だった。

お師匠さんの後ろから五人、俺より少し年上と思える女性が入ってきた。

「テーブル二つに分かれますが……」

ジンから距離を置くように、入口近くのテーブルを示すと、お師匠さんの隣に立った黒っぽいワンピースの女性が後ろを振り向いて、手話らしき手の動きを見せた。

俺には分からないやり取りで、どこに座るかが決まったらしい。

お冷やのグラスとメニュー、それから『お約束』のクリアケースを手に、カウンターを抜ける俺は、いつになく緊張していた。

手話を、俺は知らない。問題なく、注文を取れるだろうか？

彼女たちに居心地良い店だと、思ってもらえるだろうか。

「ここね。マスターのこだわりが……」

お師匠さんは、俺が差し出したメニューとクリアケースを隣へとパスすると、話をしながら手を動かす。フムフムと頷いた人が、クリアケースをまずテーブルの上に置いて。もう一人と一緒に覗き込んだ。

そんな二人に満足顔で頷いたお師匠さんは、仲間の座っているもう一つのテーブルへと体をひねって。さっきと同じように手話を交えて、『お約束』の説明をしてくれた。

タイミングを見計らって、こちらのテーブルにもセッティングを行う。

心配した注文は、お師匠さんがとりまとめてくれた。コーヒーを二つと紅茶を四つ。準備しながら、チラリと弟の方へと目をやる。

大学ノートをペラリペラリと捲りながら、首を傾げて。紅茶の湯呑みを手に取って……そのままテーブルに戻した。

飲み終わってたのか？　と思っていると、俺の視線に気づいたように、ジンが顔をあげた。『もう一杯、お代わり?』と、右の人差し指を立てて見せると、嬉しそうな顔で頷く。俺よりデカくなったのに、彼のこの表情は幼稚園児の頃と変わらない。

思わず頬が緩むのを感じながら、もう一杯分の紅茶も用意する。

あ。そうか。

ふと閃いたことを脳内にトレースしながら、女性たちの座るテーブルを眺める。

和気あいあいと無音のおしゃべりを楽しんでいる彼女たちの姿は、今さっきジンと交わしたやり取りの延長線上にあるのかもしれない。

それなら、もしかしたら。片言の単語レベルでも、耳の不自由な客と会話をすることが、できる……かもしれない。

うん。まずはチャレンジをしてみるか。


「ごちそうさま。お会計は、まとめてあるからね」

そう言って、お師匠さんが代表で支払いをした。とはいえ、別に奢りというわけではない。二杯目の紅茶を飲み終えたＪＩＮが帰っていったあと、入口近くのテーブルでは、伝票を眺めながらお金のやり取りが行われていた。

『お釣り、ある?』『細かくてもいい?』といった会話が交わされているのだろうと想像できるようなその光景に、コミュニケーションツールとしての言語が違っても、人の会話なんてものは変わらないのだと考える。

『人の操る言語なんだから、練習すれば誰にだって使えるさ』って話していたのは、父方の祖父だった。通訳の仕事に携わってきた祖父の言葉を信じて、俺もジンも英語をメインに学ぶような進学先を選んだ。仕事で使っているかは、別として。

「あのね、マスター」

お師匠さんに声を掛けられて、我にかえる。

「はい？」

「こんな風に……月に一度か二度、グループでお邪魔しても大丈夫かしら？」

「ああ、はい。大丈夫ですよ」

満員御礼なんて状態にはまだ、なったことのない店だ。

「むしろ、来ていただけると、ありがたいです」

「よかった」

若い女性のように、胸の前で軽く手を打ち合わせたお師匠さんが言うには、どうやら彼女たちは手話サークルのメンバーらしい。

「サークルの集まりのあとに、ちょっとお茶でも……ってね？」

「なるほど。この近所で、活動を？」

「一駅向こうのコミュニティセンターで、月に二回」

『マスターも来る?』とか、冗談めかした声のお誘いを愛想笑いで受け流して、帰っていく彼女たちを見送る。

サークルに参加するのはちょっと腰が引けるけど。まずは、明後日の定休日に手話の本を買ってこよう。そして、お師匠さんが来る金曜日に、一言でも実践してみて。次のサークルの日には少しでも、使えるようになることを目指すか。

その日の夜。店の片づけを終えて、住居スペースの方へと戻る途中。覗いた郵便受けに水色の封筒が入っていた。

手紙なんて、珍しい。と、思ったけど。これは、ジンだな。

切手もなければ、住所もない。ただ『今田孝様』と宛名のみが書かれていて、封緘も軽く隅を糊付けしただけだった。

どう考えても、郵便局を経由したとは思えない封筒を裏返すと、やっぱりそこに〝JIN〟とサインがしてあった。

手で簡単に開けることのできた封筒の中には、封筒と揃いらしき便箋に包まれたチケットが二枚、入っていた。五月半ばの木曜日に、織音籠のライブが西隣の楠姫城市であるらしい。

ジンは今までにもこうやって、俺の休みとライブの日程が重なった時には、チケッらしい。

トを分けてくれていた。会社員だった頃には、お礼代わりに夕食をおごったりしていたけど。最近では宣伝費と称して、ただで置いていく。友人を連れて来い、ってことらしい。

まあ確かに、チケットノルマがあったインディーズの頃には、数枚まとめて買い取って、会社の友人に売ってやったこともあった。

『会社員なんて、木曜日のライブは行かないぞ』と、独りごちた俺は、便箋の文字に気づいた。

『好みのタイプなお客に声をかける、きっかけにどうぞ』ってなぁ。名前も知らないのに、いきなりライブに誘うとか。不自然じゃないか？

昼間のやり取りから出てきたらしき弟からのメッセージに、苦く笑う。

それでもやっぱり、気になって。その夜は、気付くと彼女のことばかりを考えていた。

でも、彼女が店に来るのは、決まって週末。チケットを貰った翌日……なら、勢いで誘えたかもしれない。

定休日を挟んで数日の時間をおいてしまったせいで俺は、少しずつ弱気になってしまった。

彼女の勤め先がライブ会場から遠かったら、迷惑だよな？　とか。そもそも、織音籠を好きなのか？　とか。さらに言えば、織音籠を知らない可能性だって……。

マイナス思考が見えない澱（おり）となって、心の底にチケットの存在を沈めようとするから。結局、いつものマスターと客の距離から一歩も縮めることができないままで、ゴールデンウィークが来てしまった。


連休の谷間のような火曜日。

この日もお師匠さんたち手話サークルのメンバーが、活動後のお茶に来ていた。

『コーヒー』『紅茶』はなんとか習得できた手話で注文を確認して。

「あとは……プリンと」

少し怪しい指文字を披露したところで、テーブルから笑いが起きる。

「マスター、それじゃあ、不倫よぉ」

「え？　あ？」

あれ？　濁音が右に引いて。半濁音は……。

「『ふ』をそのまま上にあげるのよ」

笑いながらお師匠さんの隣人が、手本を見せてくれた。何度か『プリン』を繰り返す。よし、覚えた。

そんなやり取りを挟んで、全員分の飲み物とお菓子をセッティングし終えた。

この手話サークルのグループは、来る度に少しずつメンバーが入れ替わっている。人数も増えたり減ったりしているけど。

今日は連休の関係なのか、いつもよりさらに人数が多くなって、開店以来初めて、全てのテーブル席が埋まった。

なるほどなぁ。友だちを誘って……ってのは、宣伝効果として馬鹿にならないのかもしれない。ジンの置いていくチケットも、有効活用してやらないとな。

バックヤードを兼ねた厨房スペース。伝票を仮置きしてある引き出しに、入れたままになっている水色の封筒に思いを馳せた時。

静かに入口の引き戸が開いた。この感じ。まさか……彼女？

「いらっしゃい」

声を掛けつつ、平日なのに……って、半信半疑で上げた視線の先で、

「こんにちは」

と彼女（想い人）は、約束事のようにいつもの挨拶をしながら入ってきた。

3

彼女にはいつの頃からか、黙って黒い招き猫の席を示すだけの案内をしていたけ

ど。テーブル席が空いてなければ、無理な話で。

「今日はカウンターでも、よろしいでしょうか？」

いつもとは違う言葉をかける。

一瞬、俺と視線を交えた彼女の、虚を突かれたような顔を見た時。いつもの席を空けておかなかったことに対する後悔のような思いが、胃の底をチリっと炙る。

彼女が返事をするより早く、戸口の方から「リカ？」と、声が掛けられた。

今日は、どうやらイレギュラーなことばかり起きる日らしい。いつも一人でやって来る彼女が、この日は同年代の女性と一緒だった。

空いた席を探すかのよう店内を見渡していた彼女が、我に返ったように、こちらに向き直る。

「あ……じゃあ。奥の席、いいですか？」

「どうぞ」

改めて、一番奥のカウンター席へと、誘いの手を伸べた。

カウンター越しに、メニューと『お約束』のクリアケースを渡す。

「リ、カ……」

不自然に途切れた声に呼ばれた彼女が、愉快そうに応える。

「約束って、約束って……それに、メニューが手書き〝風〟じゃないあたりも、ポイントよね」

そう言って、声を殺すように彼女の友人は肩で笑っているけど。俺にとって、そんなことはどうでもよかった。

リカさん、か。

思わぬ成り行きで知ることができた彼女の名前を、心の中で繰り返しながら、お冷やのグラスをセットする。

友人がメニューを眺めている間、リカさんはカウンター隅の白い招き猫と睨めっこをしていた。

リカさんはいつものブラックコーヒー、チカコさんと呼ばれていた友人はカフェオレを注文して。さらにお師匠さんたちのグループからもお代わりの注文が入った。

あっちとこっちからの重なった注文に、ほのかな焦りを感じるけど。だからといって、作業が雑になっていい訳ではない。

いつも以上に、気を引き締めてお湯の沸いたヤカンを持ち上げた。

二つの湯呑みと引き換えるように、お菓子の注文を受ける。

「あれ？　リカって……」

チカコさんの怪訝そうな声に意識の一部が、ワッフルを焼く作業から離れる。

「コーヒーをブラックで飲んだっけ？」

「えーっと……」

はっきりしないリカさんの返事に、顔を上げる。

え？　あれ？

ブラックコーヒーの、注文を受けた……よな？

記憶を辿ると、ホットコーヒーを頼まれたのは、確かだけど。『彼女が飲むのは、ブラックコーヒー』って思い込みでオーダーを通した気がする。

そもそも俺は、いつから勝手にブラックコーヒーを出していた？

「お砂糖とミルク、お出ししましょうか？」

困ったような顔の彼女と目があった俺も、たぶん戸惑いが表情に出てしまっている。

それでも、リカさんに『おいしい』と言って欲しくって、フォローの提案を。

「いえ、このままで」

頭を軽く振るようにして辞退する彼女に、間違っていなかったと、ホッとする。

承知しました。の意をこめて頷いた俺は、再びワッフルの方へと意識を向ける。

ワッフルを二人の元へ出すのを待ってくれていたようなタイミングで、お師匠さんたちのグループが帰って行って。

レジの所にいた俺の耳に、チカコさんの声が聞こえてきた。

「ワッフルも美味しいけど。アイスが最高！」

「ありがとうございます」

スプーンを握ってアイスの余韻に浸っているようなチカコさんにお礼を言うと、

「これも隣の県にある牧場のですか？　チーズみたいに」

少し前に交わした世間話を覚えていたらしいリカさんから、訊ねられた。

「ええ。ちょうど昨日、配達があったもので」

夏に向けて牧場のほうでアイスの販売が始まったので、試しに買ってみての新アレンジだった。今までは、ホイップクリームを使っていた。

そんな店の事情はともかく。

「そんなところに、牧場あるの？」

「私も、行ったことないけどね。マスターは、前からよく行ってるって」

リカさんたちは、思わぬ所に牧場が……と盛り上がっていて。

「あ、だから、リカのお勧めチーズスフレも……」

「そうなの。産地直送って、おいしいよね。やっぱり」

幸せそうに笑っているリカさんの顔を見て、また一つ、この店に活力をもらったような気がした。

洗い物をしていると、リカさんからさっきのたどたどしい手話のことを訊かれた。

コーヒーや紅茶の手話をして見せる。

「お菓子の名前までは、まだ無理ですね。ひらがなのような五十音を使って表すのが、やっとのことで」

さっきお師匠さんたちに笑われたような状態だけど。

習うよりも慣れだと、祖父も言っていたっけ。

「コーヒーや紅茶の銘柄も難しそうだよね？」

チカコさんの言葉に、リカさんも頷く。

「うちで使っている銘柄を表すとしたら……」

指文字で『ブ・レ・ン・ド』と綴ってみせる。

数十分前に練習したばかりの『プリン』の応用みたいなものだから、これはできた。

なるほど……って感心してくれているリカさんが、コーヒーの湯呑みに口をつけるのをきっかけに、洗い物にもどる。

プリンの皿をスポンジでこすりながら、いくつか銘柄を思い浮かべてみた。

ブルーマウンテンなら、青と山でいいのかな？　あ、でもキリマンジャロも山だし。アッサム、ダージリンとなると……ぶっつけ本番では無理だ。

ちらりと銘柄指定を断っている『お約束』のクリアケースに目をやって。

レア銘柄は、きっと。味が落ちる前に手話を忘れそうだと、ブレンドの一種類にメニューを絞った自分を褒めてやる。

この日は、チカコさんが一緒だったからか、カウンター席の距離感のおかげか。

リカさんは、いつになくよく話し、よく笑った。

会計を済ませて店を出て行く彼女の背中に、『次こそライブに誘おう』と、決意を固める。

今日みたいな距離で。いや、もっと近くで。

彼女と語り合いたい。名前を呼びたい。

そして、できることなら……触れあいたい。


この週は、ゴールデンウィークのせいか、イレギュラーなことばかり。

連休で出掛けてでもいるのか、リカさんはその週末には店に来なかった。

そして、次の週末も空振りのまま、ライブの日がくる。

リカさんを誘えなかった……と、家でふて腐れていてもしかたないので、独り寂しく電車に揺られる。それでも未練がましく、ジンから貰ったチケットは、二枚とも財布に入れてあった。

　ライブハウスへの最寄り駅、西のターミナルと俗に呼ばれている駅の近くにある牛丼屋で、夕食を済ませ、駅前のショッピングモールで、しばらく時間をつぶす。

　開場時刻を少し過ぎるかな？　と思いながら、ライブハウスへ向かって歩く。

　会場へ近づくにつれて、俺と同じくらいの年齢層の人々が集まってきているように感じられて、これが皆、織音籠を見に来た人たちなら良いのに、と思う裏側で『織音籠だから、来たんだよ』と言ってくれるファンを掴んでいるらしい弟を妬む俺がいた。

　情けない自分の心の狭さから、目を逸らすように、ふと見た左隣を歩く女性。緩く巻いた髪の陰からチラリと見えた横顔が、リカさんのような気がして。誘えなかった心残りが見せた幻かと思いながら、少しだけ歩幅を広げて、

「リ、カ、さん？」

　半歩前から覗き込むように声を掛ける。

　どうしてここに？　って疑問が、初めて呼んだ名前に滲んだ……気がする。

「え？」

　怪訝そうに立ち止まった彼女に合わせて、俺も足を止める。互いの視線が交わる。

　仕事帰りだろう。グレーのスーツ姿でいつもより硬質な雰囲気のリカさんは、社会人として世間を渡っていくための鎧で、身を固めているように見えた。

「マスター？」

見つめ合ったのは、つかの間。呼ばれた声に、我に返る。

「どうして？」

問われた声は、不審の響きをはらんでいた。

しまった。俺は、彼女の名前を知らされてはいない。店主と常連客の距離を、不用意に踏み越えてしまった愚かさに気づく。

それでも出てしまった言葉は、無かったことにはできないから。

「この前、お友達に『リカ』と呼ばれてらしたので……馴れ馴れしかったでしょうか？」

申し訳ない顔を意識しつつ種明かしをすると、リカさんは、
納得、と頷いて、右肩に掛かっている髪の毛を背中の方へと払った。

「あー。そうか。連呼してましたね。あの子」

表情に嫌悪は見えず、俺は小さく息をついた。露わになった
「チカコさん、でしたか。お友達の方は」

彼女に対して、常連客以上の想いを抱いていることがバレないよう、友達の名前も覚えていることとアピールしてみせると、『さすが客商売』と、持ち上げてくれた。

そんな彼女は、

「マスターは、こんなところで何を？　今日は、お店は？」

と俺がさっきから訊きたかったことを、逆に問いかけてきた。

これはもしかしたら……チャンスかも？　上手く話を運べば、このままライブへと誘えるかもしれない。

『織音籠のチケット、きっかけに使ってもいいぞ？』と、脳裏で弟がニヤリと笑った。

「木曜日は、定休日ですよ」

「あー。そうなんですね。平日には行かないから……」

「あの通りの店は、大部分が木曜日を定休日にしているので、一軒だけ開けていてもね……」

年中無休をセールスポイントにしているわけじゃないから、マイナス要因にしかならない。そんな話をしているうちに、ライブハウスは近づいてくる。

ここまできたら、話の運びとか言ってられないと、

「で、リカさん。織音籠って、ご存じですか？」

一息に話を本題へと飛ばす。

「そこの店でこれからライブを演るバンドなんですけど」

「え？　マスターもライブ？」

織音籠の認知度を考慮して付け足した言葉に、丸くなったリカさんの目が、『意外

なことを聞いた』って訴えてくる。

「いや、そんなに驚かれても……」

「すみません。お店の雰囲気と、織音籠が一致しなくって」

「ああ、まあ。確かに」

　作務衣を仕事着にしている俺と、強面なイメージで売っているジンでは、兄弟とはいえ仕事中の雰囲気にはかなりの差がある。子どもの頃には、面立ちのよく似た兄弟だと言われていたけど、俺より十センチほど背の高くなったジンは、体格もしっかりしている。そんな彼と似たり寄ったりな織音籠の面々が、仕事着でうちの店に来た日には……強烈な違和感だろう。

　実際には、ちょっと体格のいい若者、くらいの雰囲気でジンはお茶を飲みに来ているし、中学時代からジンの友人だったメンバーの一人が一緒に遊びに来ることもある。そのうちにリカさんも、彼らと会うかもしれない。そんなことを考えていて、

「マスターも、織音籠を聞かれるんですね」

　リカさんの言葉に意識が引っかかる。

「……リカさん〝も〟？」

　織音籠を聞いて、これからライブ？

「はいっ」

弾むような返事に、なんだか嬉しくなって。彼女と顔を見合わせて、微笑み合う。

気になる相手と、好きなものが重なる。そんな幸せに俺の心は、初めて恋を知った少年のように、軽く弾んだ。

ライブハウスの入口近く、入場待ちの人の群れに俺たちも紛れたところで、

「マスターは」

と、リカさんに話しかけられた。

チラリと、隣にいた男性の視線がこちらへと寄越されたのを、頬の辺りで感じる。

縁もゆかりも無い相手に、二人の関係を探られたように思えた俺は、

「俺の店じゃない場所で、『マスター』は、ちょっと……」

とっさに彼女の言葉を遮った。

「ええっと……じゃあ？」

「今田孝、と申します」

里香さんに自己紹介をしつつ、ジャケットの内ポケットに手を入れたのは、会社員だった頃の名残り。無意識に名刺入れを探した指先が、空振りをして。名刺を持たない自分を思い出す。

「会社勤めだと、ここで名刺、なんですけどね」

間違えた、と、笑いでごまかす俺に、リカさんもクスクス笑って。

「改めまして。坂口里香です。名刺は……どうしましょう？」

スーツの左ポケットに指を掛けた彼女が、俺の失敗を冗談に変える。

「大丈夫です。忘れませんよ」

と、掌にメモ書きをする。更に架空のメモ帳を胸ポケットに入れるマネも付け足して、彼女の冗談を受け止めた俺をアピールしてみせた。

4

開演を待つ間、互いの仕事のこととかの他愛ない話をして。里香さんが、かつての俺と同じように営業の仕事をしていることを知る。

「入社から、ずっと営業を？」

「二年目……からですね。最初の勤務地は、隣の県で」

俺が担当していたエリアの辺りで働いているらしいから、もしかしたらどこかで……なんて、考えてしまったけど。

「三年ほど前の転勤で、こっちに帰ってきました」

残念なことに、すれ違いだったらしい。

「帰ってきたってことは……里香さんの実家は、蔵塚市？」

毎週のように店に来ている様子から、独り暮らしのようなイメージを持っていたけど。考えてみれば、根拠はない。

「あー、実家は地方なんです。大学が楠姫城市だったので、学生時代は、この辺りで遊んでいて」

織音籠のことは、インディーズの頃から知っていた。と、懐かしそうな顔で彼女が言った時。開演を知らせるブザーが鳴り、照明が落とされる。

「そろそろ、始まりますね」

「はい」

俺の囁きに返事をした里香さんの目はもう、ステージに釘付けになっていて。俺も、なんとなくジャケットの襟元を整えて、前を向く。

ステージの上に織音籠が姿を現した。

ライブの途中で一度、ジンと目が合ったと思う。その彼がふっと頬を緩めたのは、『来たな』だったのか、『チケットが、役に立っただろ?』だったのか。

〈最後まで、聞いてくれて　Thank you. And…… See you again.〉

ジンが告げる終わりの言葉に、別れを惜しむ声がステージへと投げられる。

それらに手を振りながら去っていくまでが、織音籠のお約束で。

ライブの余韻が残る客席に、明かりが灯る。

隣の里香さんは、まだ少し夢見心地らしい。

上気した顔で、ボーッと無人のステージを眺めている。

「まっすぐ、帰りますか？　里香さん」

一緒に帰るつもりで掛けた声に、少しのタイムラグ。

「そうですね……マ」

マスターと言いかけたらしい返事が、『孝さん』と言い直された。

「明日の支度があるでしょうし」

「俺の方は、昼間にある程度は済ませてあるので、大丈夫ですけど？」

そうは言っても、明日はまだ金曜日。里香さんは、出勤しないといけないだろう。

とりあえず、帰る駅は同じと、電車に揺られて。

最寄り駅の改札で、あとは右と左に別れるだけ、の状態で。

「よかったら、一杯。コーヒーを飲んでいかれませんか？」

未練が、誘いの言葉を紡ぐ。

「じゃあ、一杯だけ」

誘いに乗ってくれた里香さんと、肩を並べて駅を出た。

日が暮れてから歩く通りは、いつもと違って猫の子一匹いなくって、互いの足音がよく聞こえた。タイト気味なスカートにパンプスの里香さんの歩幅は、広くなくって。そぞろ歩きの雰囲気を壊さないように、ペースを調整しながら歩く。

それでも身長差から生じるコンパスの差は、どうしようもなくって。重なる互いの足音が、ズレてはまた、重なっていく。

程なく着いた暗い店内に、明りを灯して彼女を招き入れる。

「このお店、夜には、こんな風なんだ……」

そう呟いた里香さんを、竹製のランプシェード越しの控えめな明かりが照らす。

昼間には現れない影が、彼女の表情に艶を生んだ。

陰翳礼讃、か。

「元が、小料理屋ですから」

前の店から居抜きで……とか言いながら、カウンターの内側へと回り込む。

レジ前で店内を見渡していた彼女の、薄く開かれた唇が笑んで、俺は呼吸一つ分、その横顔に見惚れた。

手洗いしながら眺めていると、いつもの席へ腰を下ろした里香さんが、窓際の黒い招き猫に挨拶をしていることに気づいた。当たり前のようなその仕草を、それが彼女にとっていつものお約束なんだと微笑ましく眺める。

そういえば、さっきのライブハウスで開演を待つ間に、『あの招き猫とよく似た黒猫に、この店を教えてもらった』って言っていたっけ。そんなことを思い出すと、黒猫と普通に会話をしている里香さんの姿が想像できてしまって。

緩みかけた顔が戻せなくなった俺は、ごまかすためにカウンター下の冷凍庫を覗き込む。あ、昼に焼いて余った、アイスボックスクッキーの生地を発見。焼き終えていたクッキーのほうは、ちょうどいいお茶請けになりそうだ。

「お相伴、させていただいても？」

二つの湯呑みと、コースター。それからクッキーを盛った小皿を載せたお盆を手にお伺いをたてたのは、今夜はカウンターを挟んだマスターの立ち位置には戻りたくなかったから。肩を並べてライブを楽しんだ客同士として、過ごしたい。

この状況で断られる確率は低いだろう、と計算したことを見透かしたかのように、小さく噴き出しはしていたけど。彼女は、俺の願いを叶えてくれた。

さし向かいの距離で、コーヒーに口をつけた里香さんから、ほっと吐息がもれる。湯呑みから離れた唇が、弧を描く。その表情に跳ねた鼓動は見ないふり。

「クッキーは、試作品ですけど。よかったら」

テーブルの真ん中に置いた小皿を、そっと近づける。

「これも、マスターが？」

「今夜は、マスターはやめましょうよ。今は、営業時間じゃないですし」

週末にはまた、マスターと常連客に戻ってしまうのだから。このひとときだけでも、名前を呼んでほしい。

一つを摘んだ里香さんが、しげしげと眺めてから口に運ぶ。一口かじると同時に、目元を笑みに緩めたその表情が、美味しいと語ってくれるのに。

「少し甘みが……」

店に出すには、もう一工夫……と、考えてしまった自分に気づいて、呆れる。

誰だ？　今夜はマスターの立ち位置には戻りたくないとか、言ったヤツ。

「試作品ってことは、これもお店に？」

二つほど食べた里香さんに尋ねられて、

「里香さんは、どう思います？」

常連客の意見を訊いてみる。

「あー、うん。あればあったで、嬉しい。かな？」

首を傾げるようにしながら、もう一つを手にとった里香さんは、

「孝さんにとって会心の出来ばえっていうのを、食べてみたいし」

『これはこれで、好きですけどね』と言って、クッキーを口へと運んだ。

「コーヒーだけじゃ物足りないけど、お菓子までは……っていう日もあって」

湯呑みを手にした里香さんが、

「実は、果物だけって注文が出来ないかな？　なんて考えてしまったこともあるんですよ」

イタズラを告白するように、声を潜める。

「果物？　だけ？」

「そう。果物だけです。独り暮らしじゃ、なかなか買ってまでは食べないし。何よりも孝さんの出してくれる果物って、いつもおいしいから」

「果物はご近所のよしみで、駅前通りの青果店を通じて仕入れているんですよ」

目利きをしているのは俺自身じゃないから、この評価はちょっと微妙。添え物の果物に負けてしまったと、心の底がすこし拗ねたけど。

「そうは言っても、ここに座って孝さんの声を聞くと、『やっぱり果物よりもマスターのお菓子を』って思ってしまうんですよね」

続く言葉にあっさりと、機嫌は浮き上がって。

「お菓子作りそのものが好きで始めたような店ですが、そう言っていただけると……」

何がなんでも、おいしいお菓子を出したいって、意地が生まれるじゃないですか。

さすがに遅い時間なので……と、本当に一杯だけで。お代わりはせずに席を立った里香さんが、カバンからお財布を出したのを見て、

「俺が誘ったので、今夜は奢りで……」

手を振るようにして会計を断る。

「じゃあ、遠慮なく。ご馳走になります」

申し訳なさそうな顔で、財布がカバンに仕舞われるのを待って、

「代わりに、今度の休みは来て下さいね」

冗談めかした交換条件を出しながら、引き戸を開ける。首をすくめるように頷いた里香さんと一緒に店を出たのは、これが初めてのことだった。

「駅まで送りますよ」

怪訝な顔で振り返った彼女にそう告げて、戸締まりをする。

「ありがとうございます」

「駅からは、大丈夫ですか？」

「ええ。人通りは、それなりにある道ですし。残業してたら、これくらいの時間に帰ることもありますから」

駅向こうのスーパーから、さほど離れていない辺りらしい。それなら確かに、スーパーはまだ営業しているはずだから、人通りもあるか。

そうか、残業なぁ。営業職なら、接待で遅くなる日もあれば、急ぎの仕事が入ることもあるだろう。そんなことをつらつらと考えていて、なんとなく会話が途切れる。

表通りとつながる角まで来た時。

「あの、孝さん」

改まった声に呼ばれた。

「はい」

「また、こうやって……マスターじゃない時間を、いただけますか？」

軽い咳払いのあとに続いた言葉は、一緒に過ごしたひとときに呼ばれた俺の妄想？

「それは……つまり……その」

期待しちゃいけないと、自分に言い聞かせるけど。心は都合のいい解釈へ跳んでいこうとする。そして。

「あ、いいです。忘れてください。彼女だっているだろうし……」

と、モゴモゴ呟いた里香さんの頬が、赤く染まっているのが頼りない街灯の灯りに浮かび上がって。俺の中の期待が、はっきりとした形を取って姿を現す。

「それは、つまり。常連客じゃない、里香さんの時間をいただけるんですね？」

「はい？」

「俺と、こうやって。会っていただけるんですよね？　店の外でも」

「……都合よく、受け取りますよ？」

「俺は既に、都合よく受け取ってます」

マスターと客としてではない時間を、共に過ごす。それはつまり……。

「里香さん、俺とつきあってくれますよね？」

彼女の耳元へと軽く身を屈めての問いかけに、僅かのためらいもなく、承諾の答えが返されて。

気になる常連客から恋人へ。俺と里香さんの距離がこの夜、ぐっと近づいた。

5

「マスター、何かいいことでもあったの？　昨日のお休みに」

金曜日の昼下がり。

会計をしていたお師匠さんに、内緒話の口調で訊かれて。

「良いこと、ですか？」

おつりの五十円玉を差し出しながら思わず、里香さんのお気に入りであるテーブル席へと視線をやってしまう。

　昨日の夜は、あそこで一緒に……。

　面白がっているとしか思えないお師匠さんの声で、無意識に微笑んでいた自分に気づく。恥ずかしくなった俺は、笑みの浮かぶ口元を左手で隠した。

「ほーら、その顔」

「珍しく鼻唄も聞こえたような……」

　カウンター席から薬屋のご隠居までが、からかってくる。

「歌って……ましたか？」

「最近の歌は知らないからねぇ。何を歌ってたのかまでは、わからないけど」

　ずいぶんご機嫌で。と、コーヒーの湯呑みを片手にこちらへ向き直ったご隠居の言葉に、穴を掘って隠れたくなる。

　たぶん……曲名が分からないのは、俺が音痴なせいです。

「昨日、久しぶりに……コンサートに行ったもので」

　ご隠居のお歳では、ライブって言葉が分かりづらいかと考えたけど。

「生演奏！　それは格別だっただろうねぇ」

　俺が思いつかなかった、ストレートな訳語が出てきて。

「あら、ご隠居でもコンサートに行かれるんですか？」

お釣りを財布にしまいこんだお師匠さんが、話に加わる。

「若い頃はね。いろいろと行きましたよ」

そう言ってご隠居が例に挙げたのは、世界の音楽シーンを変えたと言われる伝説的なミュージシャンの名前で。リアルタイムで知っていた世代の二人の会話が、熱を帯びる。

「あの、来日公演？」

「いやいや。それはさすがに無理でしたよ」

「すごい騒ぎでしたものね」

「まだ彼らがそんなに売れてなかった頃に、ヨーロッパの方でね」

若い頃に留学をしていて……と、ご隠居の思い出話が始まる。それを横目に、お師匠さんはそっと店を出ていった。

その日は他のお客との会話の合間にも、どうしても意識と目が黒い招き猫へと向かってしまう。どれだけ猫が招いても里香さんが来るはずの無い一日を過ごすうちに、昨夜の出来事の全てが夢だったように思えてきて。

週末の明日、彼女にどんな顔で会えばいいのか思い悩む。

「こんにちは」

　翌日の昼近く。里香さんが、いつものように引き戸を開けたのは、その日で一番、店が混んでいるタイミングで。俺は恋人としての甘い気持ちよりも、マスターとしての意識の方が勝っていた。

「少し、お待ちいただくことになりますが？」

　ドリッパーを片手に、口では断りをいれつつ、目では店内の状態を改めて確認する。奥のテーブルと、手前から二つ目のテーブルに二人ずつ。さらにカウンターにも一人。よし。黒い招き猫の席は、空けてある。

　上手くコントロールできた自分に、ささやかな満足感を覚えながら、一つ頷いた里香さんと視線を交わして、

「あちらの席に」

　いつものように伸べた手で、テーブル席へと案内する。

　受けていた注文を捌くことを優先させた俺は、一段落がついてからカウンターを抜けて、真剣な面持ちの里香さんが書き物をしているテーブルへと足を早める。

　声をかけようとして、いけないと思いつつも目に入ってしまったシステム手帳に描かれていたのは、トマトにピザ。それからチーズの素描。仕事をしているかのような顔で彼女は、手帳に落書きをしていた。

「上手いですね」

デッサンほど本気ではないみたいだけど、それらしく見えるのが、絵心ってやつだろうか。無心にシャープペンシルを動かしてした彼女は、俺の声に驚いたように顔をあげた。

「お待たせして、申し訳ありません」

たかが落書きに没頭するほど待たせてしまったのは、改善の余地あり、だな。

手帳を脇によけた里香さんの前に、お冷やとお絞りをセットして、メニューを差し出す。

この店に通い慣れたと思われる頃から、里香さんはメニューを受け取らない。五種類しかないお菓子を、『どうしよう、どれにしよう』って、悩むことはなくって。席に着いた時にはもう、決めているらしい。飲み物にいたっては『いつものコーヒーで?』『はい』だけのやりとりで、ブラックコーヒーを出している。なので、俺も最近では手には持っていても、わざわざ渡すことはしていなかったけど。

千賀子さんと一緒に来ていた連休のあの日、彼女が普段はブラックコーヒーを飲まないと知ったから。たまには違うものが欲しくなる日があるかもしれない、って考えた……というのは、表向きの言い訳。

せっかく来てくれた恋人の傍に、少しでも長く居たい。それなら、注文を待っている体を作ればいい。

下心と共に差し出されたメニューを受け取った彼女が、怪訝な顔をこちらに向ける。交わる視線に何かを感じたように微笑んで、メニューを開く。

そして。一通りページをめくってから頼んだのは、いつも通りのブラックコーヒー。

「あ、マスター」

伝票に記入している俺を呼ぶ、いつもと変わりない呼び方に、ほんのりと夜に見えた艶が乗った気がする。

これはもしかして。彼氏として……呼んでくれた？

「はい、なんでしょう？」

「店内でスケッチするのは、かまいませんか？」

残念。そう言った含みはなかったか。

「それは大丈夫ですけど。何を描くんです？」

尋ねると、一度口元に当てられた人差し指が、黒い招き猫を指差す。次のモデルは、〝お友達〟らしい。

描きやすいように、と、座布団と一緒にテーブルへと招き猫を下ろしていると、

「おざぶー、おーざぶ」

小さく口ずさむ声がした。

里香さん、それ。織音籠の曲ですよね？

マイナーな曲ではあるけれど。さすがに、座布団がどうしたこうした、なんて歌であるわけはない。元歌は、『デジャビュ感じる、云々』って歌詞だったか。

跡形も無い替え歌をジンが聞いたら、『兄さんに負けない、斬新アレンジ』とか言うのかな？　なんて考えて。こらえきれない笑いが、左手に持つ伝票の上にこぼれ落ちた。

里香さんのコーヒーを用意する合間に、カウンターの一人が会計をして店を出て行く。テーブルの二組が帰ってしまえば……店内は里香さんと二人っきり。

って。今、何を考えた？　俺。仕事中、だろ？

チラリと顔を覗かせた浅ましい欲は、見なかったふりで腹の奥へと沈めて。

コーヒー豆を挽きながら、深呼吸で気持ちを鎮める。コンロでヤカンの沸き立つ音がした。

「またのお越しを、お待ちしております」

里香さんの背後。一番奥のテーブルに座っていたカップルが出て行くのを見送って。店内に残るのは彼女だけになった。

一杯のコーヒーをゆっくりと飲んでいた里香さんのもとへと、カウンターを抜けて。

「朝から、待ってた」

一昨日の夜と同じように、向かい合って座る。

「こうやって里香さんと過ごした時間が、夢だったかもしれないって、自信がなくなって」

テーブルの上。シャープペンシルを握ったままの手に、そっと自分の手を重ねた俺は、
喉声で訊かれて、改めてただの客ではなくなった彼女を実感する。それと同時に意識した、タイムリミット。

「今は〝孝さん〟の時間？」

「うん。お客さんが来るまでは」

その時には、この手を離して。俺はマスターに戻るから。

もう少しだけ、貴女に触れさせて。

空いている右手でシャープペンシルを抜き取って、招き猫の横にそっと置く。その手で湯呑みも壁の方へと場所をずらせて。

「里香さん」

呼んだ声に惹かれたように、奥二重の眼が俺を見つめる。

見つめる眼に惹かれたように、互いの顔が近づく。重なる唇に、欲が湧く。

「夢じゃないのよね？」

吐息交じりの声に、もうひとつ。額へキスを落として。

「夢じゃないって……今夜、確かめる？」

「孝さんって、そういう人だったの？」

「うん？」

「浮世離れっていうか……俗欲からは遠いイメージがあったから」

里香さん、それは買い被りだよ。

「今日は、このまま臨時休業にしようかと思うくらい」

欲にまみれた俺なのに。

「里香さん、危険だよ？　どうする？」

小さく息を飲んだ里香さんの眼にも、熱が宿った気がした。

「毎度ぉー」

引き戸の開く音に重ねて、スミレベーカリーの大将の声が店へと流れ込んできて。

テーブルの上に漂う艶めいた空気を、一瞬で吹き飛ばす。

危ない、危ない。

邪魔をされた口惜しさと、邪魔をしてもらった安堵とが混じる吐息を一つこぼして、席を立つ。行きがけに……と、軽く里香さんの手を撫でてから、俺はレジへと戻った。

昼食のパンを届けに来てくれた大将が開けた戸口から、店内の空気が入れ替わったと思ったけど。

「いつも、すみません」

「いや……こっちこそ、お邪魔しちゃった？」

代金のやり取りをしながら交わす軽口に、大将のニヤニヤ笑いが添えられる。

「女の子口説くときには、暖簾しまっておきなよ？」

あ、バレてる。何かが。

『臨時休業してたら、言い触らしてやるよ』と、言いつつ帰って行く大将を戸口まで見送って。片づけを後回しにしていた奥のテーブルへと向かう。チラリと目が合った里香さんは、赤い顔で湯呑みに口をつけた。

その後すぐに新たな客が来て、短い逢瀬は終わりを告げる。

マスターに戻った俺に里香さんは、夕方の再訪を告げるメモをそっと会計の伝票と一緒に差し出して。

その夜、俺の自宅でもある店の二階で、互いの存在が夢じゃないと確認した。

「兄さん、あれから気になるお客とはどう?」

八月半ばのある夕方。実家からの帰りだと言って、ジンが店に顔を見せた。世間はそろそろお盆に入るから……と、祖父母の墓参りに行っていたらしい。

「どうって?」

「んー。またライブチケットは要る?」

里香さんほどの常連客ではないけど、弟の注文も、俺はいちいち確認してない。店に入ってきた彼が混み具合を確認して、一番奥の定位置に腰を下ろす頃にはもう、紅茶を淹れるためのお湯を沸かし始めている。

そうして出来上がった湯呑みをテーブルへと運んだ俺に、ジンは挨拶も抜きに彼女との進展を訊いてきた。

「そうだなぁ」

「要るなら、ライブのたびにでも送るけど?」

それは……無駄になるほうが、多くないか?

「いや、俺と彼女の休みが合わないからさ。そんなには一緒に行けないよ」

彼女とのデートは基本的に、どちらかの仕事が休みの夜で。明日の夜からの三日間を一緒に過ごせるのは、盆休みによるイレギュラーなわけだけど。

「来ればいいのに」

どこまで本気か分からないことを言いながら、ジンが手に持っていたボールペンをテーブルに置く。ああ、そうだ。

「それよりもさ、サインもらえるかな？」

「サイン？　俺の？」

「できれば……織音籠全員の、Ｆｕｌｌサイン」

「彼女に？」

「まあね」

「んー。だったら……次のアルバムにでも……」

来月、里香さんの誕生日直前に発売になるらしい。

宛て書きを理由に訊かれた彼女の名前を、ジンがテーブル上に広げていたノートの片隅に走り書きする。うーん。この前、里香さんに渡された『夕方に、また来ます』ってメモの文字との、この違い。

社会人らしく読みやすかった彼女の文字に比べて、俺の字は学生っぽさがいつまでも抜けない。余裕ができたらペン字でも習うか、と考えながらカウンターへと戻る。

今日は土曜日。昨日から一泊の予定で帰省している里香さんが、そろそろ店に来るはず。

彼女は、ジンを見たらなんて言うかな？

イタズラを仕組んだ子供のように、ワクワクしながら待っていたのに。

「マスター。今日は、カウンターでも良いですか？」

いつものテーブルを示した俺に、里香さんの声が断りを入れる。

あれから十分も経たずにやって来た彼女は、ジンを見ても驚きもせず。ただ、席の指定だけをしてきた。里香さーん。わかってる？　ほらそこ。いつもの席のすぐそこにＪＩＮだよ？

彼女の薄い反応に驚きながらも俺は、マスターとして、

「構いませんよ。どうぞ」

と、白い招き猫の方へ手を伸べる。カウンターを抜けてお冷やのグラスを運ぶと、

「マスター、奥のあの人……」

コースターを置いたところで、ひそめた声に訊ねられた。

なんだ。わかっていたのか。

「プライベートで来られているので……」

他人行儀に答えた俺は、『騒がないで』とグラスを置いた右手の人差し指を立てて口元へと当てる。

軽くうなずいた里香さんは、コーヒーを待つ間。最近始めたらしい編み物を取り出して、黙々と進めている。カウンターのこちらから見ていると、ジンの方が彼女を気

にしていて。手にしたペーパーバックのページが進んでいないように見えた。

そんな彼女は、出来上がったコーヒーには目もくれず。区切りのいいところまで編むつもりらしい。俺が洗い物を終えたところでやっと手を止めて、シャトルと呼ぶらしい編み道具をカウンターに置いて背伸びをした。

「今日はまた、すごいのを呼んだねぇ」

カウンター内のスツールに腰を下ろした俺の耳に、白い招き猫に話しかける里香さんの声が聞こえた。

へえ、そうなのか。黒い招き猫だけじゃなくって、こっちにも話しかけるんだ。

ほほえましい光景に口元を緩めていると、黒と白の招き猫はペアか？　と彼女に訊かれて、思わぬ指摘に店内を見渡す。レジ横だけは、招運の黒い招き猫。窓横とカウンター上が招客の招き猫だけど。ペアかと訊かれると……自信がない。

正直に分からないと答えた俺に里香さんは、

「そういえば、このお店。招き猫が多いですよね？　猫好きなんですか？」

さらに質問を重ねてくる。

「ええ。実家でも猫を飼っていましたし」

「じゃあ、店の周りも猫だらけで、うれしいでしょ？」

「うーん」

なんとなく目をやった奥のテーブル席で弟は、興味津々って顔でこっちを見ている。

「俺よりも多分、弟の方が喜ぶかな？　店を見に来た両親にも言われたけど」

「あー、三つ下の……」

いきなり名前を出されて目を丸くしているジンの顔に、おかしさをこらえて。さらに三十男(さんじゅうおとこ)には恥ずかしいかもしれない、子供時代の思い出を話す。

「実家で最初に飼った猫も、小学生の頃にアイツが拾ってきた猫で」

「へぇ」

「子どもの頃から、野良猫でもいつの間にか手懐けるヤツでね。俺の吸うタバコを嫌うところまで、猫と同調してて」

聞いてないふりを作って湯呑みに口をつけたジンが、紅茶にむせた。カウンター内に置いてあったハンドタオルを手に、弟のテーブルへと向かう。こんなこと、普通の客にはしないけど。『JINだから……』で許されるだろう。

俺が差し出したタオル受け取ったジンが、礼を言いながらテーブルの上に広げてあったノートを指さす。俺が書いた彼女の名前に、〝Is she〟の二言とクエスチョンマークが書き足されていて『彼女が里香？』と訊いていた。

口元をタオルで押さえているものの、弟の目は悪戯っぽく笑っていて。彼女との仲を訊かれた本日最初の質問に、図らずも答えた形になっていたらしいと知る。

頷いた俺にジンは、ノートを指していた手で軽く、親指を立てて見せた。

そんな無言のやり取りの間に、どうにか咳も落ち着いたらしい。帰る素振りを見せたジンを、一足先にレジで待つ。

「彼女、俺がＪＩＮだって、気づいてないのかな？　もしかして」

レジ越しに軽く身を屈めるようにして囁かれた問いに、

「大丈夫。分かっているから」

と答えてやりながら釣りを渡した俺は、弟の弱気を垣間見た気がした。

ジンの選んだ生業は、知名度が売り上げに直結する。この店を始めるにあたって、自営業はしんどいと語った彼も、デビューから十年が経とうとしていて。

いろいろと不安になることがあるのかもしれない。

だから俺は店を出て行く背中に「また、いつでもどうぞ」と、声をかける。

不安になったら、いつでも来たらいいよと。

6

水曜日までの三日間、お盆休みの重なった里香さんと二人で過ごし、翌日の木曜日には、定休日を使って実家へ顔を見せに帰る。

一足先に休みが明けた里香さんの後を追うように、俺の生活も通常へと戻る。

中二日を空けた、その週末。里香さんが店に来たのは、土曜日にしては早めの、おやつ時を少し過ぎた頃だった。

彼女が開いた引き戸から見えた外の景色は、夏の午後にしては薄暗くって、ざぁっと一雨、来そうな気配。二階に干してある洗濯物の心配が、チラリとよぎる。

里香さんだけがお客なら、なんとか……とは思ったけど。店内には、もう一組。小学校入学前くらいの男の子と母親の親子連れがいた。

こればっかりは、仕方ない。庇（ひさし）があるから大丈夫……だと思っておこう。

洗濯物の心配は頭の片隅へと追いやって、彼女のテーブルへ。付き合うようになって以来、時々メニューを受け取る彼女に、『今日はどうする？』と目で尋ねると、頂戴というように左手が差し出される。

お冷のグラスをセットしている間にページをめくった里香さんは、休み明けからメニューに追加したパウンドケーキを目ざとく見つけた。

「お飲み物は？」

「ホットコーヒーをブラックで」

よし。今日の注文も、いつも通り。

ホットコーヒーが好きらしい里香さんも、こんな夏の盛りには、アイスコーヒーを頼む日だってある。だけど、ストローが邪魔をするのか、湯呑みとの相性か。ホットコーヒーを口に含んだあとの、あの解（ほど）けるような笑みが、アイスコーヒーでは表れることがなくって。エアコンの設定温度を寒いくらいまで下げたら……なんて、馬鹿なことを考えてしまうこともあるくらい。

恋人になっても俺はまだ、彼女がホットコーヒーを飲んだ時の表情を仕事の糧にしていた。今日もきっと、あの笑みが……と期待を抱いたのは心の中だけの秘密。

里香さんの注文を用意している間に、外では雨が降り始めていた。

彼女のテーブルへコーヒーとお菓子を運んだ俺は、もう一組の客に呼び止められた。

『雨宿りがてら、人を待たせてほしい』との頼みに応じると、その代わりのように追加の注文が入る。どうやら里香さんが食べようとしているパウンドケーキを見て、自分も欲しくなってしまった男の子からのおねだりらしい。

三切れのパウンドケーキを盛り付けた皿と、母親の分で紅茶のお代わりを持って行くと、男の子はメモ帳に何やら落書きをしていた。

引き戸が開かれ、本降りの雨音と一緒に眼鏡をかけた男性が店内を覗く。

ん？　どこかで会ったことが……？

その顔に一瞬の既視感を覚えつつ、カウンター内のスツールから腰を上げる。その間に彼は、外にいたもう一人に、ＯＫと手で合図をして。外の男がそのまま立ち去るのが見えた。

眼鏡の男性は、親子連れを迎えに来た父親らしい。男の子とのやり取りを小耳に挟みながら、お冷やを準備して、

「もし、お急ぎでしたら、残りはお包みしますが？」

このまま帰るかも？　と思いながら声をかけると、ハンドタオルで濡れた肩を押さえていた男性と目が合う。瞬き三つ分ほど、見つめ合って。

「違っていたら、すみません。もしかして、今田さん？」

遠慮がちな声に訊かれる。

「そうですが……」

やっぱり、どこかで？

「小山です。新入社員の頃にお世話になった」

「あー」

俺が会社を辞めるきっかけになった後輩、か？

コーヒーを注文した小山は、家族とは別に一人でカウンター席に座った。

「転勤で、こっちに?」

「いえ。友人の結婚式があるので……お盆休みの直後なんですけど、里帰りみたいなものです」

そんな近況報告から雑談が始まって。懐かしさについ、『お約束』のクリアケースを渡しそびれていたことに気づいたのは、ドリッパーにお湯を注いでいる最中だった。

とりあえず、コーヒーを落とし終えてから、カウンター越しに『お約束』を手渡す。ざっと目を通した、にしては早いタイミングで小山が吹き出す。

「禁煙って……」

「悪いか?」

「いや、良いことだと思いますけど。あれだけ吸ってた人が……」

うん、まあな。自分でも禁煙したときに、実感したよ。ヘビースモーカーだったたって。

「金を燃やして体を壊すような馬鹿なことは、止めたんだ」

新入社員だった頃の小山が言った言葉を、あえて言ってみたけど。奥さんが居る前ではさすがに、『あの時話していた、年上の彼女とはどうなった?』とは……訊けないな。

中途半端に会話を切り上げた俺は、カウンターを抜けてコーヒーを運ぶ。

テーブルの横を通った時。その奥さんと目が合って。静かに頭を下げた彼女の表情で、感じ取ったこと。

多分、この人だ。小山の煙草を止めさせた、年上の彼女は。

「で、今はどこで勤務を?」

洗い物は後回し、とカウンター内に戻ると同時に小山に訊ねて。返ってきた答えは、彼があれ以来、転勤していないことを示していた。

「空気が合ったのでしょうね。営業所の」

「支社は、息苦しかったか?」

俺自身も最後の数年間は……楽しくはなかった、か。

「そうですねぇ」

少しだけ考える素振りを見せて、左手で湯呑みを持ち上げた彼は、

「息苦しいというか、行き詰まってはいましたね」

ポツリと、そんなことをこぼす。

「今だから……今田さんにだから、話しますけど」

と、前置きをしてから、

「あの頃、オレは伝票のミスに振り回されていまして」

潜めたような声で、当時の状況が語られた。

「取引先から、金額がおかしいと指摘があって、確認したら見積もりが微妙に間違っ

ていて」

「入力ミス、か？」

「1と7だったかな？」

小山の書いた手書きメモを、営業補助が見間違えた、ってことらしい。

「それ以来、気を付けるようにしていたんですけど……」

油断した頃に、ぽろりぽろりと現れたらしい。

「入力ミスだけじゃなくって、伝票の出し忘れとか、逆に同じ請求書を二重に出したとか」

「意図的な感じ？」

話だけを聞けば、裏帳簿か何か……不正がらみに思えなくもない。

「そこまでは……。ただ、毎回同じ営業補助さんが担当していたから、そそっかしい人だなと」

いや。同じヤツが携わっているって、それはもっとアウトっぽくないか？　そもそも、小山よりも長く営業にいた俺でもそんなに経験してない事なのに、頻度が高すぎるだろ。

思わず顔をしかめた俺の脳裏に、小山が転勤した後で耳にした噂話が甦る。

辞めてしまった会社の、見てはならない闇を垣間見た気がして……胸の奥が苦い。

「それ以来、ミスを見つけては、修正を頼むようにしてたんですけど」

それくらい、自分で直せば？　と、何度かあしらわれたらしい。

「それで、まあ。オレも意地になってしまって、全部の書類を自分でやってやるって」

「それは、無理がありすぎるだろ」

契約を取ってくる本来の仕事に上乗せして、さらに事務処理までって、俺自身の経験からして明らかにキャパオーバーだ。なんとなく、こいつの営業成績が落ちていった過程が見えた気がする。

「そうなんですよね。若さ故の無茶ですよね」

苦笑いを浮かべた小山はそう言って、湯呑みに口をつける。

「成績が落ち始めた頃にでも、今田さんたち先輩に相談したら、良かったんですけど」

「うん？」

「付き合っていた彼女が年上で」

「ああ」

そこで今、息子が食べ残したらしいパウンドケーキを食べている人、な？

「ここで先輩に泣きつくようじゃ、一人前の社会人にはなれないって、思い込んでしまって」

　結果的に精神を病みかけた、らしい。

「自覚は無かったので、オレも後から人づてに聞いた話ですけど。様子がおかしいって気づいてくれた上司が、人事に異動を掛け合ってくれたらしくって」

「悪い。全然、気づいていなかった」

　転勤の辞令を聞いて初めて、やつれているような気がした……と、思う。そして、それは左遷に対するショックによるものだと思い込んでいた。

「ですから、病んでいるなんて、こっちにいる間はオレ自身が気づいていなかったんですって」

「……」

「左遷だと自分でも思っていたような転勤でしたけど、環境を変えてもらえたお陰で、立ち直れました」

　そう言った小山は、気負いのない穏やかな笑顔を見せて。残りのコーヒーを、美味しそうにゆっくりと飲んだ。

　そうか。良かった。あの会社にも、人の情はあったのか。

『また、近くに来ることがあれば寄らせてもらいます』と言って雨の中を帰っていく親子の後ろ姿に、退職してから初めて俺は、あの会社を懐かしく思った。

「あの、里香さん」

後回しにしていた洗い物を終えた俺は、さっき棚上げにした心配事をふいに思い出した。一心不乱って勢いで編み物をしていた里香さんが、呼びかけに反応してこっちを見る。

「この雨で、洗濯物が気になるのだけど……」

『取り入れてくる』と言うべきか、『取り入れて来て』とお願いするべきかを迷った俺に、

「あ、さっき入れておいたから、大丈夫」

と、先回りした答えが返ってきた。

「夕食にデパートで海鮮丼を買ってきたから、冷蔵庫に入れるついでにね」

今月の初めにもらった合鍵を使わせていただきました。と、なぜか合掌して頭を下げる里香さん。

「ありがとう。助かった」

「いえいえ。そのくらい、お安い御用で」

「お礼に一杯、奢らせていただけませんか？」

古い洋画にありそうな謝礼の言葉に、普段から笑っているような彼女の上がり気味の口角が、クスクス笑いに変化して。

ああ。これは、失敗。恋人特典の〝無料サービス〟ってことで、彼女の伝票に最近では、お代わりの代金を計上していない。最初から無料の次の一杯を奢るなんて、冗談交じりのお礼にしか、聞こえないよなぁ。

くだらない反省を胸に、コーヒーの支度を整える。

豆を挽く音をBGMにしてお代わりを待つ間、里香さんは編み物を再開している。手元に編み上がってきているのは、五センチ程のリボンで、レース編みの一種だと言う。

この前まで作っていた、コースターのようなモノは出来上がったのかな？　完成品を見たかったたな……と思った俺を呼ぶように、湯が沸き始めた音が聞こえてきた。

「そういえば、孝さん」

彼女のコーヒーと一緒に、自分専用の湯呑みもお盆に載せて、黒い招き猫のテーブルへ。向かい合わせに座ると、脇へ編み物を退けた里香さんが、

「試作品のクッキーは、あれからどうなったの？」

湯呑みを両手で包んで訊ねてきた。

「あれは……まだ、思案中」

「そうなんだ」

小さく、残念と聞こえた気がする。

「メニューが新しくなってたから、載っているかなって思ったのだけど」

「クッキーだけで一品にするのは、ほかとのバランスがね」

今、考えているのは、コーヒーにサービスで少し添えるイメージだけど。さて、どうしようかな?

互いの湯呑みが空になっても、窓の外からは雨音が聞こえている。今日はこのまま客足も途絶えるのかな、なんて弱気が、雨に呼ばれて心の奥で頭をもたげてきた。

「雨、止まないね」

俺の弱気を感じたように呟いた里香さんは、障子に隠された窓を眺めて、

「夕飯の買い物をしてきて、本当に良かった」

濡れることを嫌う猫みたいなことを言う。

「夕飯は、海鮮丼だったっけ?」

「そうなの。デパートで北海道の物産展をしていてね」

美味しそうなのよ。と、嬉しそうな里香さんの声に、弱気の虫は腹の底へと帰っていく。『美味しい。嬉しい』と、最高の笑顔とともに食事をする彼女の姿は、いつ見ても幸せになる。

「楽しみだね。それは」

「でしょう？　あとは、ナメコでお味噌汁を作って」

「確か、冷蔵庫にナスが残っているから……」

「焼きナスにしようか？」

「だったら、ショウガが……」

冷凍庫にって言葉が、重なって。顔を見合わせて、笑い転げる。ひとしきり笑って、目尻に滲んだ笑い涙を人差し指で拭った里香さんが、編み物をポーチに片付けて。

「じゃあ、そろそろ……」

胸の前で天井を指さして見せてから、立ち上がる。それに合わせて腰を上げた俺は、

「あ、外に出たら濡れるから、厨房を通れば？」

ふとした思いつきを、口に出した。

カウンターの奥。暖簾で仕切られた厨房は、勝手口を挟んで居住スペースへとつながっている。他の客の目が無い今なら、濡れずに二階へと上がれる。

我ながら良い考えだと思ったけど、里香さんは、

「カウンターの中を通り抜けることになるから……」

と、首を振る。

「大切な仕事場でしょ？」

「ちょっと通るくらいで、そんな大袈裟な」

確かに里香さんが言うとおり、俺にとって仕事場ではあるけど。

「それは、孝さんがマスターだから、そう思うのよ」

うん？　言いたいことが、分かったような、分からないような……。

「カウンターの向こうって、マスターの領域じゃない？」

「領域？」

「他の人は、絶対に入らないし」

まあ確かに、そうか。開店以来、他人が入ったのは、ガスの定期点検とかの業者だけだな。

「カウンターの中に居るときの孝さん、マスターの顔をしてるし」

は？　顔？

思わず、自分の顎を撫でて。腑に落ちる。

付き合い始めてからも里香さんは、カウンター席には座らない。日曜日のお昼。暖簾を一時的に仕舞った休憩時間にも、彼女の定位置であるこのテーブルで、簡単な昼食を一緒に食べている。

そういえば、『今夜は、マスターでいたくない』と思った、あのライブの夜。俺はカウンターから出て、テーブル席についた。

この三ヶ月の間で、彼女とカウンターを挟んで……ってシチュエーションは、ジンが来ていた先週だけ。あの日は特に、他人行儀だったような、気がする。

なるほどなぁ。カウンターを挟むことによって俺たちの関係は、マスターと常連客に区切られてしまうのか。

「だからね」

結論づけるような里香さんの声で、我に返る。

「土足で踏み込むのは、失礼だと思うのよ」

「失礼……って、カウンターに？」

「カウンターにも、コーヒーにも。それから真剣に仕事をしているマスターにも失礼」

〝マスター〟と、敢えて口にしたような雰囲気から、コーヒーやお菓子だけじゃなく、俺自身も含めたこの店の全てを、彼女が大切に思ってくれていると感じて。

また一つ俺は、この店を続けていくための、託宣を授かる。

そんな里香さんのありがたい言葉を、心の中で神棚に祀ったのは、俺のマスターとしての意識で。それとは別に、俺の体は今、カウンター内に居る〝マスター〟ではなく、テーブル席の〝孝〟としての時間を過ごしているから。

里香さんが手にしていた伝票を、彼氏として抜き取る。

「あ、」

「さっき、奢るって言ったでしょ？」

　ジンもそうだけど。恋人同士になってからも里香さんは、律儀に代金を支払う。一度だけ、要らないと言ってみたけれど、『それは、孝さんにもコーヒーにも失礼だから』と、聞き入れてはもらえなかった。

　だから、お代わりを計上しないのは、ささやかな妥協策。

「パウンドケーキも含めて……のつもりだよ。俺は」

「あー、うん」

　戸惑い半分、って顔で里香さんが頷いたのを確認した俺は、カウンター越しに手を伸ばして、伝票ボードを片付ける。

　ほら。これでもう、貴女は今日の支払いはできないよ？

　戸口へと向かう彼女を見送りに、俺も後ろからついていく。引き戸に手をかけた里香さんが、ふっと振り返って。二歩ほどの距離を引き返してきた。

「忘れ物？」

「うん。ちょっとね」

　テーブル席へと、確認に戻ろうとした俺は、一歩を踏み出した中途半端な姿勢で、彼女の声に呼び止められる。

「今日は……ごちそうさま」

　改めて告げられた礼に、里香さんの方へと体を捻って。

「パウンドケーキ、おいしかった」

何よりも嬉しい言葉とともに、バードキスを頬に残した彼女は。

俺が貸したビニール傘を片手に、小降りになった雨の中へと、出ていった。

7

発売の数日前。フライング気味にジンから届いた織音籠の新しいアルバムは、バラードを集めたセルフカバー盤。ブックレットの裏表紙には頼んだサインが、宛て書き付きで入っていた。

宛て書きの、この文字は……ジンじゃないな。去年、暖簾に入れる文字の下書きをしてくれた、ジンの友達。織音籠のベース担当、だろう。たぶん。

そして、オマケだと書かれた一筆箋で巻き止められていたのは、彼らのポスターで。ここにも世間ではＦｕｌｌサインと呼ばれる、メンバー全員のサインがされている。

発売日や収録曲が書いてあるあたり、どうやら店頭告知用ポスターの流用っぽいけど。カメラ越しにこっちを見ている弟の表情に、バンドを背負って立っているＪＩＮとしての自負のようなものが見えた気がして、負けてられないと、気持ちを引き締める。

引き締めたその手で、ポスターを慎重に巻いて、さっきの一筆箋で仮に止めておく。

ただ、この一筆箋で止めたままの状態では彼女に渡せないから、何か他の……と見渡した部屋の隅。プレゼント包装を自分でしようと考えて、あらかじめ買っていたラッピング用紙が目に入る。

ああ。あれだ。CDを包んだ残りを使おう。

卓袱台の上でラッピング用紙をひろげて。手にしたCDのアルバムタイトルを改めて眺める。

〝Hush-a-bye〟(ハッシャバイ)。おやすみなさい、か。

穏やかなタイトルのバラード集なのに。なんで俺は、負けん気を刺激されているのかねぇ？　自分でも摑みきれない複雑な心境に、俺は苦笑を漏らした。

そして、その週の土曜日。店を閉めた後の自宅で、プレゼントを渡す。

「うわ。こっちも、サインが……」

CDのケースを開けて。自然と目に入るブックレットに、里香さんが驚きの声をあげた。

先に広げたポスターには、ため息のような歓声を上げて、目を輝かせていたけど。

さすがに宛て書き入りのサインは、予想外だったらしい。

「驚いた？」

尋ねた俺に、声も出ないって感じで何度も頷きながら、指先で自分の名前を撫でている。

里香さんの誕生日は、明日。お祝いにレストランを予約してあるので、明日は仕事の後、外で待ち合わせてのデートを予定しているけど。

既に発売になっているＣＤをそれまでお預けにするのはどうかと思うし、ポスターを持って食事に行くのも邪魔な話で。一足先に今夜、渡すことにしたのは、正解だった……のかな？

「ねえ？　孝さん」

「うん？」

「こんなサイン。どうやって……」

織音籠の知名度が知る人ぞ知るってレベルだとはいっても、宛て書き入りのＦｕｌｌサインは、レアすぎた。サインの出所を訊かれた俺は『やりすぎたかも……』の反省とともに、人目のあるレストランじゃなかったことにホッとした。

「ちょっとした伝手があってさ」

嘘ではない。嘘では。言っていないことが、あるだけで。

そんな言い訳を胸に、誤魔化し気味に答えた俺の顔を、里香さんは黙って見つめて。いつも笑っているようなその唇から、ふっと息を吐く。

「ありがとう。大切にするね」

そう言ってCDを胸に抱いた彼女から、さりげなく目を逸らせた。

明日で彼女は、三十四歳。このまま付き合っていけば、いずれ結婚を考えるであろう年頃なわけで。

そうなった時。いや、その前に……かもしれないけど。JINのことを、話さなければならない日が来る。

それでも、知り合って一年足らずの今はまだ、もう少しの猶予が欲しかった。


翌日の夜は、俺も久しぶりにスーツを着たし、彼女も華やかな装いで、いつもとは雰囲気の違うデートだったけど。

「このラムチョップ、美味しい」

嬉しそうな顔で笑う里香さんは、いつもと変わらず幸せそうで。選んだ店に間違いがなかったと、会社員時代の経験を生かせたことを喜ぶのと同時に、料理を作ったのが自分じゃないことを残念にも思う。

食べ物に携わる人間にとって、こんな笑顔に勝る褒美はないから。次もまた『美味しい。幸せ』と言って欲しくなる。

さて。今度は、何を食べてもらおうか。

里香さんがまた、こんな風に喜んでくれるといいな。

その笑顔を引き出すための、大切な前準備。

「明日、どうする？」

定休日前の水曜日、閉店時刻を少し過ぎたころに俺は、そんな電話をかける。木曜日のデートは、里香さんの仕事の具合によって、待ち合わせの時間や場所が変わる。

今週はどうなるかな？

誕生日直後の今夜も俺の頭の中では、いくつかのアイデアが並んでいたけど。

『一つ、わがままを言ってもいい？』

「珍しいね。どうした？」

『仕事に行く前、モーニングコーヒーを飲ませて？』

彼女の〝わがまま〟に、意表を突かれた。構わないと答えようとして、疲れたような吐息が耳元に漏れてくる。

「だったら、朝ご飯も食べずに、おいで」

モーニングコーヒーからモーニングセットへと、咄嗟にレベルアップさせたあと、冷蔵庫の中身を思い浮かべる。

卵はある。生クリームも残っていた。サラダは、でき……いや、ドレッシングがきれていたか？　だったら、ドレッシングは手作りで。

明日の朝、彼女が乗る予定の電車の時刻を確認して、『おやすみ』と伝えて。通話を切ろうとした瞬間、かすかに聞こえた電車のアナウンス。まだ、帰ってなかったのか。それは疲れるよな。

週の真ん中、水曜日。自分の会社員時代を思い出しても、週末にリセットした疲れが溜まってくる頃合いだったか。

駅に近いこの家に、彼女を泊まらせた方が良かったかもしれないと思い至ったのは、入浴後のことだった。もっと早く気づけば、駅まで迎えにでも行ったのに。疲れに重くなった足を引きずるように夜道を歩く里香さんの姿を想像して、気の利かない自分を罵る。

明日は、この失敗を取り返すように、おいしい朝食を。


そろりと引き戸があけられて、いつものように彼女が入ってくる。

「おはようございまーす」

いつもと違うのは、そのあいさつで。カウンター内から俺も、

「おはよう、里香さん」

マスターとしては、言ったことのない挨拶を返して、彼女の顔色を窺う。

一晩休んで、疲れは……まだ残っているのかな？

奥二重の瞼が少し重そうに見える里香さんが、いつもの席に着くのを見守りながら手早く卵を割る。

スクランブルエッグにサラダ、トーストとコーヒーのモーニングセットを食べ終える頃には、里香さんの表情にも、明るさが戻ってきていて。

俺の料理が彼女に、今日一日の活力を与えることができたような満足感に浸る。

奥の洗面所で身だしなみを整えた彼女は、やっぱりカウンターを通らず、今日も、勝手口経由で店に戻ってくる。

小ぶりのポーチを片付けたバッグを手に持った姿は、すっかり勤め人の鎧をまとっていた。

そして。

「今日は夜も、家で食べようか」

戸口まで見送った俺の提案に、里香さんは、

「じゃあ、残業にならないように。今日も一日、頑張ろう」

と、両手を握って見せる。

「頑張っちゃうんだ？」

「頑張っちゃいますよ？　孝さんのご飯が待っていると思えば、頑張りますって」

さっき、疲れている理由を訊いた時には、ごまかしたのに。晴れやかな顔で、そう言って仕事に向かう里香さん。

きっと彼女も今の仕事に呼ばれて、天職を手にした一人なんだろう。


里香さんと出会ってから一年近くが経った、秋の終わり頃。俺は、一番の常連客である薬屋のご隠居に問われるままに、彼女の話をしていた。

「それはマスター、自分の仕事に誇りのある人だね」

ご隠居が、腕組みをして自分の言葉に頷く。

「誇り、ですか」

「そう。他人の仕事に敬意を抱ける人は、自分の仕事にも誇りがあるもんだよ」

「はぁ」

ことのきっかけは、彼女が勝手口を出入りしているところを、ご隠居が何度か見ていたらしいことで。そこから、彼女がカウンター内を聖域のように言っていたことに話が及んだ。

「逆は真ならず、ってね。自分の仕事に誇りがあっても、他人の仕事を貶める人もいる」

「難しいですね」

俺はどうだろう？　誇りはあるか？　敬意はあるか？

「スミレベーカリーの大将も言っていたけど、感じのいい子らしいじゃないか」

「それは、もう」

先月の末に、近所のお寺の境内を使ったフリーマーケットで、俺は通りの角にあるスミレベーカリーと一緒に軽食コーナーを営んだ。その時に、お客として遊びに来ていた里香さんは、『楽しそう』と目を輝かせていたけど。横にいたベーカリーの奥さんに唆されても、客としての立ち位置を守り続けた。

そして、あの幸せそうな顔でコーヒーと一緒に、スミレベーカリーの主力商品であるチーズ入りのフランスパンを食べていたから。

スミレベーカリーの夫婦に、好印象を与えたのは……当然のこと。

「イートインコーナーのあるパン屋でもないと、お客が食べているとこを目にする機会がないって、大将が言っていましたね。そういえば」

「まあ、そうだねぇ」

「そういう意味でも、ああいった機会は大切ですよね」

「マスターにとっても、いい宣伝になったみたいじゃない？」

「ええ。ありがたいことに」

　暖簾を模したショップカードを商品と一緒に配ったおかげで、フリーマーケット以来、お客が増えてきている。暖簾のインパクトと地図の組み合わせは、予想以上に効果的だったらしい。

「そういえば、ご隠居」

「うん？」

「朝営業、を始めたらご迷惑ですか？」

「おや。モーニング始めるの？」

「ちょっと、考えていて……」

　今回のフリーマーケットでの経験を生かせば、できそうな気がしている。そもそものきっかけは、里香さんに出した、あの日の朝飯だけど。里香さんみたいに、これからの一日を頑張ろうとしている人たちを、元気づけられるような朝のひと時を提供できたらって。

「うん。いいんじゃない？　うちは構わないよ。息子夫婦にも言っておくし」

「ありがとうございます。本決まりになったら、また改めて……」

「うんうん。いいよね。新しいことを始めるって」

ニコニコと笑ったご隠居の元に、新しいコーヒーとクッキーの入った小皿を届ける。

「これも、新しいね」

「お代わりを注文していただいた方へのおまけです」

春から悩んでいた、クッキーの処遇もやっと決まったし。

この店も二年目。新しい段階に向かおうか。

8

年明けと同時にモーニングサービスを始めて、そろそろ一ヶ月が経とうとしている。月、水、金の週に三日だけの限定的な営業だけど、まずまずの滑り出しかな、と思えるくらいの売り上げは出せている。

そして里香さんが週に二回程度、テイクアウトのコーヒーを買って、仕事へ向かうのが新しいお約束になったころ。

バレンタインデーが、やってくる。

ここ数年、縁の無かったイベントだけど。里香さんがいる今年は……。

「おにーさん」

土曜日のその日は、カウンターに薬屋のご隠居、いつもの席に里香さんがいて。彼女のコーヒーを運び終えた俺を呼び止めたのは、入口近くのテーブル席にいた女子高生のグループだった。

「このページの中だったら、どれがいいと思う?」

壁際に座った子が、覗き込むようにして訊ねる

今日から三連休で。週明けの水曜日がバレンタインデー。どうやらこの後、チョコレートを買いに行く相談をしていた、らしい。テーブルの上には、色とりどりのチョコレートが載った雑誌が広げられていた。

「どれと、言われましても……」

「参考、参考。深く考えない」

と、手前に座っている子の茶化すような言葉に、こめかみの辺りがチリっとしたのは、自分でも大人げないとは思う。

「男子学生の好みとは、恐らく離れますよ?」

そんな大人げない気持ちのままに答えようとしたのは。

「貰うとしたら……ウイスキーボンボンですかね」

ほら。高校生には、無理だろ? でも、奥のテーブルに座る里香さんには……届い

た。と、思いたい。

ズルいだの何だの言っている高校生たちをかるく宥めて、カウンターに戻った俺に、

「マスターは、洋酒党？」

ご隠居が訊いてくる。

「わりと、何でもいけますよ。会社員時代は、接待もありましたし」

取引先の好みに合わせて、日替わりで呑む酒も変わっていた。

「ご隠居は？」

「ビールだねぇ。ドイツビールが、一番好きだったよ」

おっと。これは、留学の時の思い出話になりそうだ。

店内はしばらく、落ち着いているだろう。里香さんは、いつもの編み物をしなが
ら、ゆっくりとプリンを楽しんでいる。高校生たちは、お代わりをしたことがないし。

ご隠居の話に付き合うつもりで、俺もカウンター内のスツールに腰をおろして、途
中だった刺し子を手に取った。ご隠居の話に相槌を打ちつつ、手を動かす。

ふと、視界の隅に人影を見て、顔を上げる。

「どうかされましたか？」

軽く伸び上がるようにして、こちらを窺っていた高校生の一人が、顔を赤くして御
手洗の場所を訊く。

店の奥へと向かう後ろ姿から店内へと、目を転じる。里香さんは小休止って感じで、湯呑みを片手に、テーブルに置いた編み物を指先で撫でている。

高校生たちのテーブルはといえば……頭を寄せ合って、何やらヒソヒソと話していて。あ、ちょっと嫌な感じの笑い声が上がった。こういう雰囲気は、陰口を叩いていたり、誰かを陥れようとしている時。今、席を外したあの子。なんとなく、オドオドしてなかったたか?

イジメか、それに類したことが起きようとしてるのかも……と思ったのは、中学時代のジンが受けた嫌がらせのせい。一部の同級生から嫌なあだ名でからかい続けられたことで、彼は人目を避けるように三年間を過ごしていた。奇跡的に高校で出会った友人たちに恵まれて、いまのアイツが居るわけだけど。

目の前のこの光景は、どこへ向かう?

ご隠居と話をしながら、意識の一端を高校生たちの方へ置いておく。奥の御手洗から戻ってきた女の子が、周りの子に小突かれて。

「なんか……刺繍?　してた」

「えーっ」

ん?　刺繍?

「トイレのペーパーホルダー?　のカバーが、こんな刺繍だった」

そう言って、紅茶の湯呑みの下から、コースターが摘まみ上げられた。

自分が手に持っているモノへと、視線を落とす。なるほど。そっち、か。

嬉しくないあだ名をつけられたのは、ジンだけじゃない。中学生だった頃、趣味がお菓子作りと手芸だと知った同級生たちに俺は、『主婦』と呼ばれていた。

「男の人は、しないって。普通」

「おにーさんじゃなくて、実は〝おネエさん〟？」

「やだー」

思い出してしまった過去に追い打ちをかけるように、ヒートアップする高校生たちの会話から目を逸らす。逸らした先では里香さんが、眉間に皺を寄せるようにして高校生たちを睨んでいて。かつてない不快を感じていると、その表情が訴えていた。

俺のこの店で。彼女に、こんな顔をさせるなんて。客とはいえ、許せない。

自分が傷つけられた以上に、彼女の安息を奪われたことに対して、腹の底が沸く。

そんなことに気づかず続けられた声高な会話に、里香さんの表情は一段と険しくなって。唇が引き結ばれ、人差し指がイライラとテーブルを叩く。見ている俺の怒りも、煽られる。

「マスター、お代わりいいかな？」

キリキリと引き絞られた感情を、ご隠居の声が絶つ。

ハッと吸い込んだ息に、自分の視野が窄まっていたことに気づく。ほんの数分前まで、思い出話をしていたご隠居の存在を、俺は目の前から消し去っていた。

何をやっているんだ、俺は。自分はカウンター内に居て、目の前には客が居て。マスターであるべき時間だろ？

「すみません」

諸々を含ませて謝った俺に、小さく笑ったご隠居は、『そう言えば……』と、切り出して。

「最近、年のせいか、高い声が頭に響くんだよ」

困ったような声で、話を変える。

「マスター、いい薬ない？」

「それは、ご隠居の専門でしょう？」

ヤカンに水を汲みながら、軽くツッコミを入れるけど。これは、きっと。ご隠居から高校生たちへの、牽制。上手く使わせてもらうには……と、考えていると、

「マスター、私にもお代わりを」

手を挙げた里香さんからも、注文が入った。

いつも通りの表情で、いつもと変わらぬ彼女の声に、こちらの気持ちも落ち着きを取り戻して。交わした微笑が、閃きを連れてくる。そうか。ご隠居の言葉に便乗する

なら……。

「申し訳ありませんが、もう少しだけ声のトーンを下げてくださいね」

カウンター越しに高校生たちに声をかけると、騒ぎ過ぎたことに気付いた彼女たちのしゃべり声が、やっと小さくなった。

「でもさ、贔屓だと思わない？」

一度は静かになったテーブルから、再び興奮したような声が上がる。静けさは、ヤカンのお湯が沸く間くらいしか、もたなかった。

コーヒーを入れ終わったら、もう一度、『お約束』の説明が必要かなぁ。なんて、考えていた俺は、

「あっちのおばさんのさ、『お代わりー』も、結構大きな声だったじゃない」

続けられた言葉に息を飲む。

〝おばさん〟って。まさか里香さんのこと、か？

確かに俺も里香さんも、中高生の子どもがいても、おかしくない歳ではある。だからこそ、大人としてイジメの心配をしたわけだけど。無駄な気遣い、か。馬鹿馬鹿しい。

「おにーさんに、アピールでもしたかったんじゃないのぉ？」

「えー。でもさ、相手は〝おネエさん〟かもよ？」

またあの。嫌な感じのクスクス笑いと、里香さんを貶すような言葉がさらに重ねら

れる。どうやら年甲斐もなく、俺に不毛な恋愛感情を抱いている里香さん、って筋書きが出来上がったらしいけど。聞いているだけで不快な言葉に、眉間に皺がよる。

そして、同じように聞こえているはずの里香さんのことが心配になって。コーヒーを入れる手は止めないまま様子を窺った里香さんは、聞いてないような顔で、編み物を始めていた。

俺のことには、あんなに不快感を示していたのに……。自分のことは、そんな風に流すのか。

俺が里香さんの代わりに怒るべきか、それとも流そうとしている彼女の意思を尊重するべきか。マスターとして、どの方向へと店内の雰囲気をコントロールするべきか迷っている間に、コーヒーを入れ終えてしまった。

「お嬢さん、こちらへ来られませんか？」

お盆を片手にカウンターを抜けようとしたところで、ご隠居が振り返って、里香さんに声を掛けた。

「私、ですか？　お嬢さんという歳では……」

「レディーが一人でいるのは、良くありませんよ」

戸惑った顔の彼女にご隠居は、俺では言えないような言葉を重ねる。

俺の方へ向いた里香さんの視線が『どうしよう？』と、助けを求めているから、ご隠居の隣へと、空いた手を伸べる。いつも通りの仕草で俺は、彼女をカウンター席へと誘った。

二人分のお代わりと、サービスのクッキーを並べ終えた所に、手荷物をまとめた里香さんが移動してくる。

「お嬢さんのこれは、レース編みですか？」

里香さんがカウンターに置いた編み物に、ご隠居が興味を示す。

「私も最近、知ったんですけど。タティングレースって」

ヨーロッパ諸国では、貴族の女性が嗜むものらしい。

「なるほど。これが、その道具なのですね」

「シャトルって、呼ぶそうです。そう言えば、スペースシャトルにちょっと似てますよね？」

「シャトルっていうのはね、お嬢さん」

ご隠居がその豊富な知識で、シャトルの意味から応用例なんてものまで話しているのを、俺もカウンターの内側に腰を下ろして耳を傾ける。

そこからはいつものように、ご隠居の思い出話へと話は広がっていった。

「今日は、なんか……ゴメン」

その日の夕食。里香さんが用意してくれた水炊きを前に、頭を下げる。

「孝さんが謝ること？」

「店の雰囲気を変えられなかった。ごめん。気分、悪かっただろ？」

もみじおろしを取り分けている彼女は、首をかしげているけど。

里香さんがカウンター席に移動した、あの後。高校生たちに、

「かなり時間が経ってますけど。お代わりは、どうしますか？」

って声をかけた俺は、『大丈夫でーす』の合唱に負けた。

『ワンドリンクで長居するな』の意味を含めたのは、通じなかったらしい。

アレが、ジェネレーションギャップってやつか。思い出した昼間のやり取りに、ため息が漏れる。

ため息を溶かしたポン酢に、鍋から引き上げた白菜を浸す。

「気分が悪かったのは、孝さんの方じゃない？　大丈夫？」

箸を止めた里香さんの気掛かりは、俺に対して投げられた揶揄の言葉で。

「うん。ある意味、慣れてるし」

会社勤めをしていれば、耳にはいってしまった言葉を聞かなかったふりで流すことくらい身につく。

「確かに、取引先といろいろあったりするよね」

いろいろな何か、を思い出したらしい。苦笑を浮かべた里香さんは、改めて鍋を覗き込んで、豆腐を掬い上げた。さっきの『慣れている』って俺の言葉からの流れで、俺がお菓子作りを始めたきっかけの話になって。

「俺がお菓子を作ってるって聞いた父方の祖母が、面白がって、レシピ本をプレゼントしてくれて」

「さらに、ハマった？」

「俺だけじゃないけどね。料理とお菓子の二冊セットだったから、料理の方を弟が持っていってしまって」

「じゃあ、弟さんの方は料理の仕事……」

「……は、してないけどね」

クリエイティブな仕事はしているけど。この流れ、でジンのことを話すのは何かが違う。

それはまた、別の機会に。

9

三連休のあと、一日おいた水曜日が今年のバレンタインデーで。

「マスター、いつもありがとう」

テイクアウトのモーニングコーヒーを買いに来た里香さんが、コーヒー代と一緒にハガキサイズの平たい箱を差し出す。

「せっかくのバレンタインですし、ね？」

ちらりとカウンター席のサラリーマンを意識した俺の視線を読んだように、義理チョコアピールをしているから
「もしかして……手作り、ですか？」

逆に、本命アピールをしてみる。

「そんな、まさか」

『無理、無理』と何度も繰り返しながら笑って、コーヒーの入った紙袋を手に取った。

「いってらっしゃい」

レジ前から送り出す俺を振り返って、彼女は唇の動きだけで『行ってきます』と伝える。これが、朝の店での二人のお約束。

「マスターって、独身？」

里香さんが来た時にカウンター席にいたお客が、会計をしながら訊いてきた。

「ええ、まあ」

「そうか。独身……」

そんなに独身を繰り返さなくっても、良くないか？

同年代か少し上、と見える彼も、皆勤賞もののペースでモーニングサービスを食べに来ていることを考えると、お仲間だと思うけど。

「それが、何か？」

「いや、女性にとって、料理上手な男って、どうなのかなと思ってさ」

「どう、と言われましても……」

戸惑いが返事に滲んだ俺は、それでも差し出された千円札を受け取って、レジを打つ。

「さっきの……チョコレートの女性」

里香さんのことを見ている気がしたのは、気のせいじゃなかったか。

「あの人みたいな、いかにも仕事ができます風の人って、どっちなのかな？　コンプレックスを刺激されるのか、楽をさせて貰えるって考えるのか」

「コンプレックス？」

「私より上手なんて、許せないっ」

キンキンした声を作って見せる彼に、里香さんの姿を重ねてみようとして、失敗する。ヒステリックに叫んでいる姿が、想像できない。全然。

「それは、人それぞれだと思いますが」

お釣りを渡してからもなお、何かを言いたそうにしている彼に、時計を見るよう促す。

「お、やべー」

踵を返す後ろ姿にも、とりあえず。里香さんにしたのと同じように、『いってらっしゃい』と声を掛けて、次のお客が来るまでに……と、洗い物を始める。

さっきのお客は、里香さんが料理をできない前提で話をしていたけど。実際のところ、週休二日の彼女の方がご飯の支度をすることが多いし、レパートリーも豊富で。そこにどちらが作ったかで争うような、勝ち負けはない。ただ『美味しいね』って、ニコニコしながら食べた食事を活力に、毎日を過ごす。

そんな里香さんが、一番美味しそうな顔を見せるのが、この店で出すコーヒーだから。俺はいつまでも、彼女の活力を養う存在でありたいと、思う。

この日、貰ったのは期待通りのウイスキーボンボンで。ホワイトデーのお返しには、チョコレートブラウニーを焼いた。

「個包装？」

「こうしてあると、食べやすいかな？」

「うん。助かる」

あの、嬉しそうな顔で笑って、モーニングコーヒーの袋にそっと滑り込ませる。年度末は毎年忙しくて、残業の毎日だと、聞いていたから。残業を乗り切る活力に……

と、会社で摘めるような物にしてみたつもりだ。

それから、明日のデートは腕によりをかけて、美味しい物を用意しようか。

そんな風に考えていたのに。

その夜、いつもの水曜日と同じように電話をかけても、繋がらなくって。タイミングが悪かったか……と考えていると、里香さんからの折り返しがあった。

『ゴメンね。すぐにとれなくって』

いつもよりトーンを下げたようなその声に、

「まだ、会社？」

辺りを憚る様子が見えた、気がする。

『明日も多分、こんな感じだから。ちょっと無理かも……』

「そうか。うん、わかった」

『ゴメンね』

きっと彼女の奥二重の目は、申し訳なさそうに細められているのだろう。

「俺のことは、気にしなくっていいから」

『うん』

「無理せずに、きちんとご飯は食べなよ？」

『うん。ありがとう。そろそろ、仕事に戻らなきゃ』

そう言って通話を切った彼女と、次に顔を合わせたのは週末のことで。編み物もせず、ぼんやりとテーブル横の招き猫を眺めながらコーヒーを待つ里香さんの姿に、この一週間がなかなかキツい生活だったのだと思われる。

そういえば、去年も今頃じゃなかったか？　付き合う前の里香さんが、疲れた風情を漂わせていたのは。

「かなり疲れてる？」

「いつもの仕事が三割増し、とかならまだしも……」

そっとコーヒーを置いた俺に、ため息が応える。

「年度末から新年度はどうしても、イレギュラーな仕事がねぇ」

割り込んでくる慣れない作業に、気疲れ倍増、らしい。

「孝さんに貰ったブラウニーが、残業の友」

「役に立てて、何より」

良かった。彼女の活力の素になれていて。

「じゃあ、今夜は来週に向けて、エネルギー補給だね」

「何を作ろうかな？」

「いや、食べに行こう。何か、美味しいもの」

食べ物の話で、少し元気が出た感じではあるけど。こんな彼女に、料理をさせるのは気が引ける。

　レジ横に置いてあるミニタウン誌を渡すと、明らかに目に力が戻って。『疲れた時には、豚ロース』って、口ずさんでいるのは、また織音籠の替え歌だな。これは、『疲れた心に傘をさす』だったか。

　チーズスフレを運んでカウンターに戻りながら、俺も心の中で歌ってみる。

　疲れた時には、豚ロース。良いことあったら、牛ロース。

　その週から俺は、作り置きのお総菜を準備するのが、定休日の仕事になった。

　プラスチックの保存容器に二つ分を作って、その片方を手土産に仕事帰りの里香さんを駅まで迎えに行く。そして、彼女の家で一緒に夕食。

　残ったお総菜を翌日からの食事に使ってもらえれば、疲れがピークに達する週の後半へのエネルギー源になるだろう。ゴールデンウィークの頃には、収束に向かうと言っていたから、あと少し。頑張れ。


　と、思っていたけど。

　桜の盛りを過ぎても、里香さんの残業は相変わらずで。

「まだまだ忙しいのは続きそう？」

魚の一夜干しをほぐしながら訊いてみる。

「うーん。いつもだったら、ゴールデンウィークには、片が付くのだけど……今年は、難しいかなぁ。同期が転勤になったから、私が係長補佐を引き継ぐことになってしまって」

年度変わりのイレギュラーな仕事に加えて新しい仕事も、って状態に、色々振り回され気味だとか。

「里香さんの会社は、女性の役付きもいるんだ?」

「少ないけどね。一応、私も総合職だし」

そう言えば。隣の県から転勤してきたって、話していたことがあったっけ。昇進もある代わりに、転勤もあるってことか。そうか、総合職か。

その日から、ふと気が付くと、遠くへ転勤になった里香さんを想像してしまっている。この店ではないどこかで、俺じゃない誰かの入れたコーヒーを飲む里香さん。その時にも彼女はあの、微笑みを浮かべるのだろうか。

そして、五月の連休明け。仕事でミスをしてしまったと、里香さんがカウンターの隅で落ち込んでいた土曜日。

「それでも里香さんは、仕事が好きでしょ?」

他の客がいないことを良いことに、隣に並んでコーヒーを飲みながら言った俺に、

「うーん。なんか、分からなくなってきた感じ」

　迷いの色を帯びた声が答える。

　答えた傍から、また物思いに潜っていってしまう彼女だったけど。その夜には、トンカツなんか揚げて。翌週には、見事に復活していた。

『天に呼ばれた実感は、ないし』って、自信を失ってはいたけど、やっぱり彼女にとって天職なんだと思う。そう考えれば考えるほど、この店に呼ばれた俺と、遠くへ飛んで行く可能性のある里香さんの将来は、どこかで隔たってしまう……のだろうか。

　そしてそれは、もしかしたら〝次の辞令〟で、かもしれない。


「ジン、今日は時間ある？」

　そろそろ、夏も盛りの土曜日。数か月ぶりに姿を見せた弟に訊ねた。

「今日は、里香さんも来る日だからさ。タイミングが合えば、紹介しておこうかなって」

「んー。まあ、大丈夫かな」

　何かを確認するように、口の中でブツブツと呟いていたけど。遅くならないなら、ってことらしい。

おやつ時を狙ったようにやって来た里香さんを、いつもの席へと誘う。初めてジンと遭遇した時にはカウンターに座った彼女だけど、二回目からは、普通の顔で隣のテーブルに座っている。

今日も……というより、今日は特に、ジンの近くに座っていてくれた方が、紹介しやすいし。そう考えて、いつもの席を勧めたわけだけど。

「だから、勇気だして、行っちゃいなって。好きなんでしょ？」

入口近くのテーブルにいた、高校生くらいの二人組からの声が響いて。思わず里香さんと顔を見合わせる。確か、この子たち。バレンタインのころに、里香さんを不快にさせた連中じゃなかったか？

「今日は、カウンターで」

かすかに眉をひそめた彼女に、席の変更を希望された。

「ああ、はい」

どうぞ、と答えた俺に軽く頷いて見せた里香さんは、カウンター席の真ん中に腰を下ろす。やっぱり、そうだ。里香さんも思い出したくない、ってことで、目に入らない席を選んだな。

ホットコーヒーを頼んだ里香さんの分、豆を挽いているところに、高校生が声をかけてきた。

だから。約束事の五番目。ちょっと待って、って書いてあるだろ？　一度、約束事の守れない子たちだと認識すると、どうにも厳しく見てしまっている自覚はある。だから約束事のクリアケースを、今日も渡したのだけど。読んでないよなぁ。多分。

カウンターを挟んで目の前に立つ高校生の存在を、意識の外に追いやって。里香さんのためのコーヒーに神経を集中する。

今年の里香さんは、暑くなってきても必ずホットコーヒーを頼んでくれているから。あの微笑みをくれるから。今日も最高の一杯を。

『ごゆっくり』の言葉を、いつもより少しだけ近づいて彼女に届ける一瞬。俺は、マスターではなく孝としてカウンターの外にいた。

そして。カウンターの内側に戻って、高校生と対峙した時には、完全にマスターとしての意識に切り替える。

お客は、お客。邪険にもしないけど、特別扱いもしない。

「あの、これ。ウイスキーボンボンなんです。お好き、ですよね？」

高校生が、握っていた小さな紙袋を差し出してきた。

「ええっと？」

「バレンタインの頃に言っていたじゃないですか！」

「あぁ。あの時の……」

里香さんからのバレンタインにもらった時点で、この子たちにそんな話をしたことなんて、きれいに忘れていた。

「おにーさんのことが、好き、なんです」

「お気持ちは、嬉しいですが……」

恋人と弟の前で、告白されるなんて。何の罰ゲームだろう。

友人の助太刀を受けながらの告白の合間に、チラリと里香さんに目を向ける。編み物の手を止めた里香さんが、深呼吸をして。顔をしかめるようにして、コーヒーに口をつけた。

「『お兄さん』と、呼んでいただいてますが、あなたの親でもおかしくない歳ですよ？」

そんな穏便な言葉で断っても……通じないかなぁ。

『子供と恋愛する趣味はない』とまで言って、やっと通じたかと思ったけど。まだ、甘かったらしい。

「子供に、ウイスキーボンボンを食べさせる気、ですか？」

「大人の、おにーさんが食べてください」

なんて二人がかりで反撃されて、チョコレートは受け取らされてしまった。

紙袋のサイズ感から考えて、四個か五個入りかな？　だったら……正直言って扱い

に困るチョコレートの処遇は、

「証拠隠滅を手伝っていただく、お礼です」

の言葉と一緒に、新しい飲み物を店内の全員に奢る。

とは言っても、高校生たちとジン、それから里香さんの四人だけど。

おまけのクッキーの代わりに、〝子供〟な二人を含めて一個ずつチョコを配って。

五個入りだったウイスキーボンボンは、俺を含めた全員のおなかの中へと消え去った。


会計を終えた高校生を見送って。どっと疲れが背中に乗ってきた、気がする。

スツールに腰を下ろしたところを見計らったらしい。

「もてるねぇ。お兄さん」

席を立ったジンが、手にした湯呑みをカウンターに置いて。チョコレートが載ったままの小皿をこちらへと差し出す。

そういえば。ジンって、酒を飲まなかったっけ。

一個だけ隠滅されていなかったチョコレートを受け取る。

「二十歳ほどの年齢差なんて、恋する少女には壁ですらないのかな？」

「バカなことを、言ってるんじゃない」

子供のころのように左手でアイアンクローしてやろうとして、察した弟に阻止されたから。その手を、捻りあげると、悲鳴を上げて大げさに痛がってみせる。

いや、そんなに痛くないはずだけどな。

「お兄さまに逆らうのは、まだ早い」

それでも、そう言って手を放してやって。横で見ていた里香さんの反応を見る。

「お兄さま?」

驚きに目を見開いた里香さんに、

「弟の仁です。Call me〝ＪＩＮ〟、よろしく。里香さん」

そう自己紹介したジンが、ひょいっと椅子に腰を下ろした。

10

なんとなく、そんな気はしていたけど。

「里香さんは、やっぱり驚かないいんだ」

声が似ているとか言って、俺とジンが兄弟であることをすんなりと受け止めた里香さん。

「やっぱり？」

「店でコイツを見ても、上手にスルーしてくれたし」

「……そんなことに、上手下手って、ある？」

「『ＪＩＮだと気づいてもらえてないかも』と、自信をなくすヤツがいる程度には、上手だったよ」

　当のジンは、目を逸らすようにして、紅茶用の白い湯呑みに口をつけている。

「芸能人にだって、家族や友達がいるわけだから。孝さんの弟がＪＩＮでも、おかしなことじゃないと思うけど？」

「でも、こんな近くにって、距離感に戸惑ったりとかしない？」

　インディーズのころからライブに通っているようなファンなら、もう少し興奮したりしないかな？　ってのは、俺にとっても疑問だったわけで。

「私も、ＹＵＫＩの先輩だし」

「え？　本当に？」

　まさかの理由に、こっちが驚く。

「野島くんとは、大学が一緒で、サークルの後輩」

　そういえば。ジンが通っていた大学のあたりが、学生時代に遊び場だと言っていたっけ。そして里香さんが俺の二歳年下、ってことは、当然ジンたちと学生時代が重なるわけで。

「それこそ、こんなところに……」

横で聞いていたジンが、低くつぶやく。野島ってのがＹＵＫＩの本名らしい。

「ついでに、野島くんの奥さんも後輩」

「悦子さん？」

「そう。卒業からあの子にも会っていないけど、元気かな？」

意外なつながりに、二人が盛り上がる。

俺は、ジンから返されたチョコレートを口の中で溶かしながら、そんな二人を眺めて。さっきの里香さんの言葉を反芻する。

彼女は『孝さんの弟がＪＩＮ』と言った。『ＪＩＮのお兄さんが孝さん』ではなく。些細なことだけど、なんとなく、恋人として尊重されているような感じがして。こんな人とは、きっと二度とは出逢えない、とまで俺は思った。

ただ、そんな得難い恋人だからこそ、この先の人生をどうするべきなのか、決断できない。

できないままに、時間が過ぎて。今年も一足早くお盆休みに入った里香さんは、実家へと帰省している。

「ご無沙汰してます」

昼休みを終えたタイミングを見計らったように、引き戸が開けられて。入ってきたのは、去年もこの時期に顔を見せた会社員時代の後輩。

「お、久しぶり。元気だったか？」

「はい、おかげさまで」

そう言って小山はカウンター席の真ん中に陣取る。

「今回は、盆休み、か？」

「ええ。嫁さんが幼馴染と子ども連れで出かけたので、暇を持て余してしまって……」

女同士、積もる話もあるとはいえ、嫁さんの実家に一人で残されて、居心地が悪かったらしい。

「コーヒーをアイスで。それから……パウンドケーキを」

「お前、甘いものって食べたっけ？」

「まあ、呑む方が好きですけどね。息子が『猫のジュース屋さんのケーキがおいしかった』と、あれから繰り返し言っているもので。一度、食べてみようかと」

猫のジュース屋って。里香さんみたいなところに目を付けたな。

この店のことを、『猫がいっぱい』だとか、『猫に教えてもらった』とか言っていた恋人の姿を思い浮かべながら、注文を書き留めた。


「嫁さん、こっちで働いていたんだよな？　結婚までは」

アイスコーヒーに垂らしたガムシロップをストローで混ぜながら、小山が頷く。

「ええ。オレより年上……今田さんと同い年？　か、一つ下くらいなので、社会人歴はオレより長いですね」

小山の転勤についていく形で、退職したらしい。そして、産後に向こうで再就職したとか。

「なぁ。ちょっと、突っ込んだことを訊くけどさ。彼女に仕事を辞めて付いてきてほしい、とかって言いづらくなかったか？」

「今田さん？」

何事？　って顔で聞き返されて、自分のした質問があまりにも場違いだったと、思い至る。

「悪い。聞かなかったことに……」

「あ、いえ。良いですけど」

軽く首を振った後輩は、眼鏡の奥の目を瞬かせて。

「オレは……言えてないんですよね。付いてきてほしいとは」

「ああ……って。え？」

「転勤の前後は病みかけていて、そんな余裕はなかったですし。逆に彼女の方が、どこにだって付いていくわよ、って」

小山の転勤先がどこであろうと、一緒に行く。そう言ったらしい。

「専門職だからの強みかもしれませんけど。腹を括るって、こういうことなのかな？って」

「なるほどなぁ」

「彼女に限らず、そう言う意味で、女性って強いですよね」

里香さんは……と考えるまでもなく、いざとなれば、腹を括るタイプだろう。彼女も、きっと。でも、好きな仕事を捨てさせるわけにはいかない、って自然と思って。

それならば、俺にできることは……？

会計をする小山を少し待たせて、数切れのパウンドケーキを包んで持たせる。ささやかなサービスだけど、気に入ってくれたらしい彼の子どもへの土産に。

それから。腹を括った〝強い女性〟、彼の嫁さんへの敬意を込めて。

二人の将来に向けて、次の一歩を踏み出す時期に来ていると、数日の思案を経て。

「いつかはまた、転勤があるよね?」

と、今後の転勤の可能性を彼女に訊けたのは、店がお盆休みに入って二日目の夜だった。

「ない、ことはない。と、思う」

目を伏せるようにして答えた里香さんが、互いのグラスにビールを注ぐ。泡が落ち着くのを待ったのは、自分に覚悟を問うための、時間稼ぎだったのかもしれない。

「里香さんがどこに転勤になったとしても、俺の所に戻ってくるって、約束が欲しい」

それでも、いつかは決断しないといけないから。一度手に取ったグラスを、テーブルに戻して。

「約束?」

「里香さんの会社で結婚と退職がセットなら、無理は言わないけど。一生のパートナーに、なってほしい」

思い切って伝えた言葉は、精一杯のプロポーズ。

『少し、考えさせて』と、保留になった返事を待つうちに、夏が終わり。気付けば、

果物屋の店頭には、リンゴの季節が来ようとしていた

「孝さん、あのね」

　里香さんの改まった声に呼ばれたのは、その日の夕食後で。これは返事に違いないと、心が跳ねてしまったのは、仕方のないことだと思う。それでも、冷静に食後のお茶の支度をして、話を聞く態勢を整えた。

　俺が急須にポットからお湯を注いでいる間、言葉を選ぶかのような顔をしていた里香さんだけど。いざ、口を開いてみると、

「あの。この前のプロポーズ……のような話なんだけど」

『ような話』って、何？

「ような話、じゃなくて。プロポーズだから」

「あー、うん」

　遠慮なく訂正すると、里香さんが照れたような笑みを浮かべる。あ、なんだ。照れ隠しだったのか。

「まだ、答えにはたどり着いてないけど、現状報告をしておこうかと……」

「現状報告って……そういう所が、仕事好きだね」

　色気のない言葉選びがとても彼女らしくって。急須を持ち上げながら、ホッと息をつく。肩に力が篭もっていた、自分の緊張に気づく。

お茶を一口飲んだ里香さんが言うには。結婚退職はしなくてもいい代わりに、転勤を伴わない一般職に配置換えになる。それを避けて総合職を続けるために、事実婚を選んだ先輩がいる。ってことらしい。

「それで。どちらの道を選ぶかで、迷っているから、もう少し待ってもらえると……」

いつになく口ごもるように話す声に、迷いが滲み出していて。

これは……答え、出るのか？

「里香さん。確認だけど。結婚をする気は、あるんだよね？」

そこで、迷っているわけではないらしい。

「それは、ある。あります！」

頷く勢いのよさに、ちょっと安心して。

「だったら、四の五の言わずに、結婚しよう」

あと一息、と決断を促してみる。

「ええっと……だから……その」

「俺、会社勤めの頃は営業だったから、口約束ってのは、どうにも気持ち悪い」

「あー。たしかに。契約書がないと……」

「でしょ？」

ほら、やっぱり。これで、納得するあたり、根っからの仕事好きだよ。里香さんは。

「だからさ。ちゃんと届けを出して、結婚しよう」

「うーん」

それでもまだ。迷いの残る目が、揺れる心を映し出す。

「未練があるのも、事実なのよね……」

「役職に？」

「いや、そこじゃなくって。係長補佐になって、半年じゃない？」

「うん、そうだね」

年度変わりと同時、だったか。

「このまま続けた先に、〝天職〟があったりしないかな？　って」

「思ってしまう？」

尋ねた俺に、里香さんがゆるりと頷く。

「もしも、あと少し頑張った先に、『この道だ』って呼ばれる通過点があるなら、悔しいな、とか」

これは……答えが出ないヤツだ。

分かれ道で立ち竦む里香さんのイメージが、脳裏に浮かぶ。右に行っても、左に行っても間違えた気がしてしまう、アレだ。

仕事を辞める決断を下す直前の、自分に重なる。あの時は……ジンの歌に背中を押された。

「だったら、俺が呼ぶから。天の代わりに」

俺が背中を押すよ。

「……」

「里香さんの生きる道は、ここだよ」

そう言って、ポンと軽く畳を叩いて見せる。

「お店を一緒にするってこと？」

「いや、そこに里香さんの興味はないでしょ？」

俺の仕事を尊重してくれるのと同じくらい、自分の仕事に誇りを持つ貴女だから。

今の仕事を捨ててまで、俺と一緒に働いてほしいとは、思っていない。

「天に呼ばれる道が、仕事になるとは限らなくても、良いんじゃない？」

「……呼んでいるのは、孝さんだよ？」

「うん、そうだね。でも俺は今、里香さんを呼んでおかなかったら……明日の朝、後悔する。明日、もしかしたら。俺よりも、里香さん好みのコーヒーを入れられる男に出会ってしまうかもしれない」

世界で一番美味しいコーヒーを入れられると、自惚れてなんかいないから。

「夫婦って道に呼ばれておいで。並んで歩きながら、それぞれの仕事をすればいいからさ」

里香さんの胃袋を掴む努力なら、惜しむ気はない。でも。それ以上に、里香さんの美味しそうな笑顔に俺の方が掴まれているから。持ちつ持たれつ、並んで人生を歩いて行く方が良いじゃないか。

「うん、呼ばれた。私にも聞こえた」

そう言って里香さんの目が、俺を見つめる。

「ええっと……それは……つまり？」

「孝さん、結婚しよう。ちゃんと届けも出して」

そうか。腹、括れたんだ。

迷いを吹っ切った里香さんが、冷めてしまったお茶を飲む。ホットコーヒーを飲んだ時のような、いつもの笑みが唇に浮かぶ。

その微笑みに呼ばれて交わしたキスは、これから二人で歩む道の、新たなスタートになる。

届けを出す前の準備段階として、互いの実家へ挨拶に行ったり、里香さんの引っ越しをしたりと、慌ただしく日々が過ぎる。先に訪ねた里香さんの実家では、俺の将来性に難色を示したご両親を、一緒に住んでいるお祖母さんが、とりなしてくれて。なんとか、結婚の承諾はもらえたけど。

その際にお祖母さんに言われた、『里香の干支は、結婚に向かないと言われていたから』って言葉が、彼女に意外な引け目を与えたらしい。

翌週、俺の両親に紹介するとまず彼女は、

「実は来年が、年女で……」

と、言いにくそうに打ち明けた。

「年女ということは……」

「孝と仁のちょうど、間ね」

新潟の姪と同い年だ、とか言って、身内を引き合いに出しつつ、年齢についての会話を両親が交わしている間、彼女は思わぬ話の展開に戸惑っているように見えた。

そんな両親だと分かっていたけど。展開のずれてしまった会話を、そのままにはしておけない。

「彼女の干支のことは、気になる？　父さんたちは」

少しだけ強引に、軌道修正のための質問を挟んで、

「旦那を食い殺すほど気の強い女性が生まれる干支だからなんて、前時代的な迷信だな」

　苦笑交じりの父から、否定の答えを受け取る。

「今田のお祖父ちゃんとお祖母ちゃんも、里香さんと同じ干支だったしね」

　仲の良い夫婦だったわよね？　って母の言葉に、俺が大学生の頃に亡くなった祖母の面影が、脳裏に浮かぶ。俺のお菓子作りを面白がって本まで買ってきてくれた祖母は、古い慣習を跳ね返すような気の強い人だったとも言える。

　そうか。俺と里香さんが、今ここにいるのは、祖母の声に呼ばれてきた道なのかもしれない。

　その後は、親だからこその遠慮ない言葉で、俺の仕事の先行きを問い質されたりもしたけど。そこは、俺の覚悟の問題で。

「俺の店はさ、仕事に打ち込む里香さんの支えになっているし、この先、家族が増えたときには、会社勤めをしていた頃よりずっと、協力できると思っている」

　おそらく産休取得の第一号になるであろう彼女が、そのあとで職場復帰する時。自営業の俺の方が、時間の都合をつけやすいはず。

　そうして年明けを待たずに、届けを出して。里香さんとの生活が始まった。

年度の変わり目で、里香さんが忙しくなる三月。その少し前には、店の確定申告の準備が俺を待っていて、処理するべき書類との睨めっこが続く。

「孝さん、電卓を叩くくらいの手伝いなら……」

経済系の大学の卒業だけど、ほとんど忘れてしまった。と言いながらも、伝票を繰りつつの集計をしてくれて。第三者である彼女の作業が、二重チェックを兼ねてくれてたお陰で、ミスが減って効率的に進んでいく。

その中で、ふと気付いたように、

「孝さんのお店。〝まり〟って、名前？」

って、訊かれて。

「あれ？　知らなかった？」

「どこかに……書いてあった？」

「あー。無い、か」

そういえば、暖簾の文字からは省いたな。当然、暖簾を模したショップカードにも店名は入っていない。

名づけの理由を訊かれて、ジンの言葉遊びが由来と説明しながら、一枚の色紙の存在を思い出す。

暖簾の下書きをしてくれたジンの友人が、面白がって書いた作品を見せて。どこかに改めて、店名を出した方がいいのかな？　と、考えてもみるけど。

「この前、スミレベーカリーの奥さんから聞いたのだけど。孝さんのお店、〝猫の喫茶店〟って近所の人には呼ばれているって」

そう言った里香さんは、ちゃぶ台の湯呑みを口に運ぶ。

「確かに、私も黒猫に教えてもらったしね」

「店の招き猫が、お気に入りだよね。里香さんは」

お気に入り過ぎて、今では茶の間のテレビ台にも、ミニサイズの白い招き猫が一匹、人を招いている。

まあ。いいか。お隣の薬屋とペアで、ネコ繋がりも。

ショップカードを新しく作る時には、店名を入れる代わりにネコのイラストを入れるのもいいかな。里香さんに描いてもらって。

里香さんを支える店でありたい、あり続けたいと願った俺だけど。並んで歩き始めてみると、彼女に支えられていることの、なんて多いこと。

当の本人は春の人事異動で、新しく設けられた営業支援係の係長補佐になって。『左遷なのか、彼女の仕事を邪魔したのか』と、気を揉んだ俺に、

「左遷です、なんて辞令、ないでしょ？」

あっけらかんと笑って見せた。

その言葉通り。異動から半年近くが経つ彼女の新しい仕事は、去年よりも性に合っているらしくって。毎朝、テイクアウトのデカフェコーヒーと一緒に、楽しそうに出勤していく。結婚という形で選んだ道の先に、天職があったらしい。

そして、そんな里香さんの胎内には、新しい家族が宿っている。

「男の子、みたいだけど、名前はどうする？」

検診に行ってきたらしい先月の火曜日、相談を持ちかけられて。いろいろな案を胸の内で、並べてきたけど。そのうちの一つには、なかなか絞り込めずにいるうちに、秋が駆けていく。

秋から冬になりかけた日曜日の昼下がり。お客としてチーズスフレを食べていた里香さんの、

「この子も将来、天に呼ばれた道を進んで行けるといいね」

と、愛おしそうな顔でお腹を撫でている姿に、宇宙を航海していく箱舟のイメージが重なった。

「航海の航の字で、〝わたる〟って、どうかな？」

星を航る船のように、広大な人生を思うがままに。

「ねえ。命名紙って、家族が書かないとダメなのかな？」

俺の提案に、少し考えた里香さんが、楽しそうに訊く。

「〝航〟って、あの色紙を書いたＪＩＮのお友だちに書いてもらったら……」

言葉遊びの色紙の文字が、印象的だったらしい。

「織音籠の書道担当だし。俺が書くより、ありがたい気がする」

〝航〟で決定として。次に会った時にでも、ジンに話を通しておかないとな。

次のお客が来るまでの、ひととき。カウンターを出た俺は、奥から二番目。招き猫のテーブルでお茶を飲みながら、夫婦の時間を過ごす。

里香さんが初めてこの店に来てから、そろそろ二年。

名前のない喫茶店だったこの店の、本当の名前を知っている彼女とともに、新しい家族を迎えるのは来年の春。

この店で、新しい命に名前が付けられる。


【了】

一二三
文庫

名前のない喫茶店

2019年8月5日　初版第一刷発行

著　者　園田樹乃
発行人　長谷川　洋
発行・発売　株式会社一二三書房
〒102-0072
東京都千代田区飯田橋2-14-2 雄邦ビル
03-3265-1881
http://www.hifumi.co.jp/books/

印刷所　中央精版印刷株式会社

ISBN 978-4-89199-591-1